Good Afterbook

굿   애프터 북

희석

들어가며

이 책은 독립출판 창작자, 혹은 나만의 출판사 운영까지 꿈꾸는 분에게 실무적인 도움을 드리고자 만든 책입니다. 지금 여기 인사말을 읽고 계신 분이라면 '독립출판 가이드북'이나 '독립출판 한 권으로 끝내기!'와 같은 책을 한 번쯤 보신 적 있지 않을까 합니다. 물론 그런 경험 없이 『Good Afterbook』이 출판이라는 세계로 들어가는 첫 관문이라면 더욱 영광입니다.

저 역시 이 책의 발행처인 '발코니'를 설립하기 전 여러 편의 독립출판 가이드북을 살펴봤습니다. 대체로 다음과 같은 순서로 책이 진행되고 있었습니다. 기획하기, 글쓰기, 디자인하기, 인쇄하기, 독립서점 입고하기 등의 흐름으로 끝났습니다. 다음 가이드북, 또 그다음 가이드북도 비슷했습니다. 세부 내용은 조금씩 다르지만, 다들 비슷한 방식으로 책을 만드는 것 같아 어렵지 않아 보였습니다.

그러나 가이드북 너머의 현실은 달랐습니다. 독립서점의 입고 수락 답장을 받는 건 하늘의 별 따기였고, 가격 대비 완성도가 좋은 인쇄소는 모두 수도권에 있고, 캡처된 사진 몇 장으로 표현되던 인디자인 프로그램은 복잡했고, 출판사를 만들어 대형 서점에도 납품하려니 배본사를 계약해야 하는 등 '아니 이게 뭐야?'의 연속이었습니다. 그때의 아쉬움과 경험을 바탕으로 『Good Afterbook』을 만들었습니다.

이 책은 기획부터 입고까지 이어지는 통상적인 흐름을 따르지 않습니다. 독립출판 개념부터 잡은 뒤 출판사 설립, 도서 제작, 서점 거래, 세금 신고, 기타 독립출판물로 할 수 있는 부가적인 활동 등 그동안 발코니를 운영하며 가장 중요하다고 생각했던 정보들을 위주로 서술했습니다. 또한, 출판 강연 수강생분들께서 자주 여쭤보셨던 질문들을 바탕으로 내용이 구성돼 있습니다.

따라서 이미 독립출판에 대해 어느 정도 알고 있는 분들께서는 '이렇게 기초적인 것들도 설명한다고?'라고 생각하실 수 있습니다. 하지만 세상에는 '이렇게 기초적인 것들'도 알기 힘든 분들이 꽤 많습니다. 특히나 저처럼 지역 소도시에서 독립출판을 시도하는 분들이 그렇습니다. 수도권에서 사나흘 단위로 열리는 열리는 소규모 독립출판 클래스마저 이곳에는 1년에 서너 번이면 많은 편입니다. 실무에 훤한 현직자의 강연을 들을 길이 자주 없기에 '이렇게 기초적인 것들'도 소중할 때가 종종 있습니다. 비수도권 창작 동료의 입장에서 서술하려 애를 썼기에 간혹 기본적인 정보도 있다는 점 참고 부탁드립니다.

당연하게도, 다른 가이드북과 마찬가지로『Good Afterbook』역시 그동안 독자님께서 알고 싶었던 모든 것을 해결해줄 수는 없을 것입니다. 독자님께서 지금 목표로 하고 계신 책이 어떠한지, 그동안 어떤 일을 하셨는지, 책의 물성에 대해 얼마나 이해하시는지 등 개인마다 차이가 큰 지점을 모두 헤아리면서 집필할 수 없었습니다. 이에 저는

『Good Afterbook』을 가이드북이 아닌 '내비게이션'이라 부르고 싶습니다. 지름길이나 사고 다발 지역 등을 『Good Afterbook』에서 알려드리겠습니다. 생애 첫 책이 아닌, 두 번째, 세 번째 책 등 **다음 출판**Afterbook을 이어가기 위한 독자님만의 경로는 이 내비게이션을 살펴보며 직접 결정해보시길 바랍니다. 최대한 안전하게 목적지를 향할 수 있도록 여러 가지 정보를 풀어놓겠습니다. 독립출판 작가님, 독립서점 대표님 등 독립출판의 '지금'을 걸어가는 사람들의 인터뷰도 추가되어 있으니 참고하시면 좋습니다.

　　『Good Afterbook』을 처음 집필할 땐 모두 이 인사말처럼 경어체였습니다. 하지만 '정보 습득'이라는 차원에서 경어체 문장을 계속 읽으니, 갈수록 지루하고 나른해지는 느낌이 강했습니다. 이에 편집 과정에서 인터뷰와 마지막 챕터를 제외한 모든 문장을 평어체로 바꿨습니다. 혹여 이와 같은 편집 때문에 책을 읽어나가는 도중에 일종의 '맨스플레인' 같은 감상이 드는 지점이 있다면 미리 죄송하다는 말씀을 전합니다. 판권지에 기재된 출판사 이메일로 피드백을 보내주시면 검토 후 설명 방식을 개선하겠습니다.

　　마지막으로, 『Good Afterbook』이 세상에 나올 수 있었던 건 모두 발코니의 독자님 덕분입니다. 발코니 출판사를 살아있게 만들어주신 독자님께 깊은 감사 인사를 드립니다.

2023년 4월, 희석 드림

목차

독립출판물 제작하기

독립서점 거래하기

독립출판 시작하기

독립출판 시작하기

독립출판 시작하기

독립출판 시작하기

독립출판 시작하기

독립출판은 무엇일까?

독립출판을 설명하기 전에 '경계'에 대해 먼저 이야기해보면
좋겠다. 모든 사안을 이쪽과 저쪽이라는 경계로 구분하기란
어렵다. 보편적으로 많이 언급하는 '예술의 경계'는 어떠한가?
내가 말하는 예술, 친구가 말하는 예술, 직장 동료가 말하는
예술, 어린이가 말하는 예술, 비평가가 말하는 예술 등 누구의
관점이냐에 따라 예술의 경계는 흐릿하거나 중첩된다. 세상에는
이처럼 두부 자르듯이 깔끔하고 쉽게 구분할 수 없는 것들이 많다.
독립출판도 마찬가지다.

　　오늘날 '독립'적으로 출판한다는 것은 누구의 기준에서
독립적인지 모호하다. 불과 2010년대만 하더라도 개인 창작자가
ISBN[1] 없이 소수의 판매처에서만 유통될 책을 소규모로 생산하는
개념이 독립출판을 상징하는 몇 가지 요소였다. 거대한 문단
권력에 기대는 것이 아니라, 문단 바깥에서 작품을 만들어내는
것이 독립출판의 '진정한' 의미라고 여겨졌다. 하지만 이제는
독립출판 개념이 훨씬 넓어졌다. 지금 이 책처럼 개인 창작자가
개인 출판사를 설립해서 ISBN을 발급받고 책을 발표하는 양상이
활발해지고 있다. 또는 대형 출판사에서 여러 작품집을 발표했던

---

1. 출판사 신고를 정식으로 마친 출판 사업자가 발급받을 수 있는 '국제 표준 도서
번호'다. 일반 서점에서 책을 구매했을 때 표지 뒷면을 보면 바코드가 찍혀 있는
데, 그 바코드로 인식할 수 있는 13자리가량의 번호가 바로 ISBN이다. ISBN에
대한 자세한 설명은 39페이지에 수록돼 있다.

베스트셀러 작가가 가족과 함께 독립출판사를 만들어 출간하기도 한다. 독립서점 역시 서점만의 출판사를 설립해 책을 제작하고, 심지어 그 책이 대형 서점 베스트셀러에 오르며 주요 일간지 한 면을 다 장식하기도 하는 게 요즘이다. 이 책들 중 독립출판인 것과 아닌 것은 무엇이고 그 기준은 또 어떻게 세워지는가?

상상을 하나 해보자. 국내 초대형 출판사 중 한 곳이 어느 날 "이번 신간은 독립출판물입니다"라고 말한다면 우리는 어떻게 반응할까. "대형 출판사, 그것도 임프린트[2]까지 있는 출판사가 무슨 독립출판물을 만들었다는 것이냐"라고 의아해하지 않을까. 그때 출판사에서 이렇게 말한다. "이번 신간은 기획, 디자인, 마케팅 등 모든 결정권을 저자에게 부여한 후 우리는 인프라만 지원했기에 저자가 '독립'적으로 출판한 독립출판물이 맞다"라고 주장하는 것이다. 설핏 맞는 말처럼 보이기도 하지만, 왠지 모르게 앞뒤가 안 맞는 말 같아서 반박하고 싶어진다. 바로 그 반박하고 싶은 점들이 지금 '독립출판'이 무엇인지를 두고 논의하는 모든 지점이라 생각한다. 더 이상 독립출판은 소규모 제작, 소수 판매처, 개인 창작, No-ISBN, 소자본 등으로 규정할 수 없는 영역이다. 출간 과정 전체를 독립적으로 수행한다는 것

---

2. 출판사 내의 부서나 브랜드를 가리키는 용어다. 특정 장르나 주제를 전문적으로 다루는 브랜드를 출판사 그룹 산하에 별도로 설립하는 방식으로 운영하고 있다. 예를 들어, 문학동네 출판그룹 내 '난다', '글항아리' 등이 임프린트에 해당한다.

역시 독립적이라는 평가를 누가 어떻게 내리느냐에 따라 다르다. 그러니 이제는 '독립출판은 무엇이다'라고 선명하게 정의 내릴 수 없고, 설령 정의를 내린다 하더라도 여러 가지 반박 요소가 뒤따를 수밖에 없다.

결국, 독립출판이 무엇인지에 대한 정의는 각자가 바라보는 시선에 따라 다르겠다. 이에 발코니 출판사를 운영하는 입장에서 말해보자면, 내가 생각하는 독립출판은 다음과 같다.

도서 매출과 흥행에 전적으로 기대지 않고 저자가 하고 싶은 이야기를 최대한 자유로운 방식으로 엮어 전달하는 것.

책을 만든다는 건 내가 하고 싶은 이야기를 타인에게 노골적으로 전하는 행위다. 노골적이라는 표현이 과하다고 생각한다면 출판에 대해 조금 오해하는 게 아닌가 한다. 내가 하고 싶은 이야기를 전하는 방법은 개인 메시지, 전화, 편지, 일기 기록, 소셜미디어 등 다양하다. 이러한 방식과 달리 글을 써서 종이에 인쇄하고, 그걸 제본해서 손에 묵직하게 잡히는 뭉치로 만든다는 건 꽤 노골적이지 않은가? 그러니 독립출판은 나의 이야기를 반드시 전하겠다는 의지가 있어야만 가능한 행위다. 다만, 독립출판은 최대한 많은 사람들이 좋아할 법한 문장으로 꾸미고 혹시나 대중적으로 거북한 지점이 있다면 제거하는 등 '흥행을 위한 전략'에 전적으로 기대지 않는다. 찾을 사람은 찾아줘서 고맙고, 떠날 사람은 잘 떠나라는 마음으로 자유로운

방식을 추구하는 출판이 독립출판이라 생각한다. 대신 노골적으로
내 이야기를 전하고자 마음먹은 만큼, 그래도 많은 사람들이
읽어줬으면 하는 마음에 어느 정도의 거름망은 거쳐서 책을
만드는 편이다. 그래서 '흥행에 전적으로 기대지 않고'라는 전제
조건을 달았다.

　　　이처럼 독립출판은 모호하다. 모호한 개념이지만,
그럼에도 변하지 않는 요소는 개인의 독립성이겠다. 내가 하고
싶은 이야기를 자유로운 방식으로 엮는다는 것. 사람들이 좋아할
모습만 신경 쓰는 게 아니라, 내가 추구하는 신념이 책에 적용되는
것이 독립출판 아닐까. 이제 당신만의 독립출판은 무엇인지
스스로 정의를 내려보면 좋겠다. 그 정의에 합당한 과정을 책
한 권에 온전히 쏟아부을 준비가 됐다면, 독립출판이 어떻게
진행되는지 살펴볼 차례다.

독립출판의 과정은 어떻게 될까?

독립출판이든 상업 출판이든 가장 먼저 해야 할 것은 기획이다.
내가 만들 책이 어떠한 책일지 스스로 기획하는 것이다.

　　　독립출판을 처음 시도하는 분들이 가장 많이 실수하시는
게 기획 없이 시작하는 원고 집필, 혹은 기획 없이 시작하는 원고
편집이다. 전자는 '책 한 권 써보자!' 하는 마음으로 글을 쓰기
시작하고, 후자는 '이때까지 쓴 글 모으면 책 한 권은 나오겠다!'

하는 마음으로 원고를 배치한다. 둘 다 결과물은 비슷하다. 저자가 무슨 말을 전하고 싶은지 아무도 모르는 책이 되어버린다.

대부분의 콘텐츠가 그렇겠지만, 책도 마찬가지다. 이유가 있어야 한다. '왜' 이 책을 만드는지에 대한 생각이 없는 상태에서 무작정 글을 쓰거나, 모은 글을 배치하면 아무도 읽지 않는다. 독립출판이 자유로운 방식을 추구하는 것은 맞지만, 내 이야기를 노골적으로 전하려고 책을 만들면서 아무도 읽지 않길 바라진 않을 것이다. 적어도 몇 페이지라도 사람들이 읽게 만들려면 기획에 집중해야 한다.

책을 만드는 과정 전체를 100으로 잡는다면, 발코니 출판사는 기획을 50으로 생각한다. 오래, 그리고 꼼꼼하게 기획한 후 책을 만든다. 기획이 잘 돼 있다면 원고 집필이나 저자와의 협의, 편집 등은 훨씬 수월해진다. 반대로 기획이 부실하다면 책을 만들면서도 확신이 서지 않는다. 이 책을 통해 어떤 메시지를 전해야 할지 저자도, 출판사도 모르는 상황이 펼쳐진다. 그만큼 출간 기획은 첫 순서이자 가장 많은 공을 들여야 하는 과정이다.

기획이 끝났다면 원고를 집필하거나, 기획에 맞게 원고를 편집하면 된다. 원고는 굳이 책 크기와 똑같은 용지에 맞춰서 쓰지 않아도 된다. 평상시 워드프로세서를 사용할 때 가장 많이 설정하는 A4 사이즈에서 집필해도 충분하다.

책 크기에 맞는 사이즈에 글을 쓰는 분들의 불안함을 이해 못 하는 건 아니다. 책 한 권에 들어갈 활자 수를 가늠하기 힘드니까 비슷한 사이즈 위에서 작업한다는 점을 알고 있다.

그러나 실제 도서 디자인을 시작해보면 100페이지 정도 나오겠다고 생각했는데 70페이지를 못 채울 때가 있고, 오히려 200페이지를 훌쩍 넘기는 경우도 있다. 원래 계획했던 책 크기가 아니라 더 크거나 작은 판형으로 바꿔야 하는 상황도 펼쳐질 것이다. 이에 어색한 사이즈에 이리저리 맞추면서 글을 쓰지 말고, 평소 익숙했던 공간에서 편안한 마음으로 집필하며 원고 완성도를 높이는 게 낫다.

책 한 권에 들어가는 활자 수는 당연히 책마다 다르다. 그럼에도 어느 정도의 기준, 보통의 책 크기 200쪽가량을 목표로 해보자면 200자 원고지 450매는 써야 한다. 한컴오피스 한글을 사용한다면 초기 설정값(글자 크기 10pt, 줄간격 160%, 상하좌우 기본 여백 등)으로 글을 썼을 때 A4 용지 50쪽을 채워야 하는 정도다. 행갈이가 여러 번 들어가거나 글 한 편 길이가 들쭉날쭉 하는 등 특수한 상황 등을 모두 걷어내고 정말 보편적인 줄글을 기준으로 삼았을 때 50쪽이라는 뜻이다.

그렇다고 50쪽을 최대치로 삼는 건 지양해야 한다. 50쪽을 목표로 쓰다 보면 40쪽부터 힘에 부쳐서, 남은 10쪽은 '아버지가 방에 들어가시는지 아버지 가방에 들어가시는지' 알 수 없는 글이 펼쳐진다. 억지로 양을 채우려니 했던 말을 또 하거나 책의 주제와 관련 없는 글도 쓰기 때문이다.

또, 사람 마음이라는 게 참 웃겨서 자기합리화에 빠질 위험도 크다. '나는 얇은 책이면 충분하니까『Good Afterbook』에서 말한 50쪽까지 채우지 말고 이 정도에서 끝내도 되겠지?' 하며 얼른 손을 털어버리는 것이다. 이렇게 완성한 원고를 편집해보면 마음에 들지 않는 부분이 한둘이 아니게 된다. 여기 지우고, 저기 지우고, 글 두어 편 날려버리고 나면 앙상한 가지만 내 눈앞에 남아있다. 50쪽이 아니라 60쪽, 70쪽을 쓰겠다는 마음으로 원고를 듬뿍 써야 책을 만들 때 훨씬 수월하다. 책에 수록될 원고를 잘라내는 건 쉽지만, 부족한 만큼 다시 채우는 건 어렵다. 기껏 시작한 디자인을 멈추고 글을 다시 써야 한다면 책 만들기 자체를 중도 포기하게 된다. 실제로 책 만들기 클래스를 여러 번 진행하면서, 원고를 추가로 채워야 할 때 포기하는 분들을 많이 목격했다. 독립출판을 결심했다면, 그 결심이 사라지지 않게 원고를 넉넉히 채우자.

글을 쓴 후엔 글을 담아낼 그릇을 만들어야 한다. 책 디자인을 시작해야 한다는 뜻이다. 책을 디자인하는 프로그램은 여러 가지가 있지만, 대개 어도비의 인디자인 프로그램을 이용한다. 한컴오피스 한글이나 기타 워드프로세서로 책을 제작하는 창작자도 있지만, 일정 수준 이상의 퍼포먼스가 가능하면서도 초보자에게 직관적인 툴은 아무래도 인디자인이라 생각한다. 디자인에 대한 이해나 경험이 사람마다 다르지만, 그렇다 해도 인디자인은 기본 툴을 일주일 정도만 익히면 '나의 첫 책' 만들기 정도는 수행할 수 있다. 인디자인으로 내지와 표지를 디자인하고, 프로그램 안에서 PDF로 최종 변환해 인쇄소에 전달한다. 이제 인쇄소와의 조율이 남았다.

거래하기로 한 인쇄소에 PDF 파일을 보내고 나면 해당

인쇄소에서 본격적인 작업에 들어간다. 완성까지 걸리는 시간은
당연히 인쇄소 사정에 따라, 내 책의 만듦새에 따라 다르겠지만,
500부 정도의 무선제본[3] 책을 제작한다면 평일 기준 10일을
예상하면 안전하다. 참고로 11월부터 12월은 달력과 다이어리
제작, 1월부터 2월은 졸업앨범이나 학급문집 등의 제작
의뢰가 몰리니, 평소의 두 배 이상 걸릴 수 있다. 연말연시에
독립출판물을 제작하려고 한다면 미리 인쇄소에 정확한 기간을
문의하고, 출간예정일보다 최소 3주 전에 제작을 시작해야
안전하다.

　　그렇게 제작한 책을 모두 받아서 독립서점 한 곳, 한 곳에
이메일로 책을 소개하면 된다. 결이 맞다고 판단한 서점에서
연락이 올 것이며, 서점이 요구하는 거래 조건을 확인한 후
본격적으로 독자와 책이 만나길 기다린다.

　　여기까지가 아주 표면적으로 살펴본 독립출판의 전체적인
과정이다. 독립출판은 이렇게 실체 없는 무형의 콘텐츠를 한
권의 책으로 만들고, 그 책을 독자와 연결시키는, 지난하면서도
흥미로운 작업이다.

---

3. 도서 제작 시 가장 기본으로 선택하는 제본 방식이다. 제본 종류에 관해선 103
　페이지에 상세히 설명돼 있다.

자비출판과 기획출판

이 과정이 너무 힘들고 지친다면, '내 책'을 세상에 선보일 또 다른 방법도 있다. 이미 운영 중인 출판사를 통한 출간이다. 국내 인터넷 포털사이트에 독립출판을 검색해보면 최상단 페이지에 광고 링크들이 뜬다. 대개 '독립출판 합리적인 비용으로!'나 '독립출판은 OO출판사에서' 등 출판사들이 여러분의 독립출판을 도와주겠다고 광고한다. 이때 말하는 독립출판은 엄연히 '자비출판'이다. 자비출판은 출판사의 인프라를 이용해 내 책을 만들지만, 제작비는 내가 내는 출판이다. 쉽게 말해서 저자가 제작비를 투자하면, 출판사가 책을 팔아서 저자와 이윤을 나누는 구조인 셈이다. 이는 기획부터 제작과 유통까지 독립적으로 수행하는 독립출판과는 다른 개념이다.

자비출판은 장단점이 있다. 가장 큰 장점은 출판사의 인프라를 이용할 수 있다는 점이다. 대형 서점이나 동네서점 등에 알아서 입고되고, 홍보도 출판사에서 자체적으로 해준다. 전문 편집자의 손을 거치기에 원고 완성도도 높아지고, 표지 디자인이나 내지 디자인도 일일이 작업하지 않아도 된다.

반면에 자비출판의 가장 큰 단점은 출판사에서 내 책에 딱히 욕심을 내지 않는다는 점, 그리고 제작비를 내가 내야 한다는 점이다. 두 가지 단점은 서로 연결돼 있다.

자비출판 서비스를 찾아보면 적게는 300만 원에서 많게는 600만 원까지 책정돼 있다. 이 비용을 저자가 지불하면, 출판사는 책이 팔렸을 때 일정 수익(정가의 40~50%)을 저자에게 지급한다. 이 경우, 출판사에는 큰 수익이 나지 않고 책이 아무리 잘 된다고 한들 '넉넉히 남는 장사'는 아니다. 출판사가 책의 흥행에 군이 큰 욕심을 들일 필요가 없는 이유다. 실제로 자비출판 후 책이 대형 서점 매대에 전시되는 걸 상상했다가 출간 첫날부터 서점 깊이, 아주 깊은 구석 어딘가에 보관된 것을 보고 실망하는 저자도 있다.

물론 진심을 다해 서비스를 제공하는 출판사도 있고, 책 흥행이 잘 돼서 제작비를 출판사에서 내는 계약을 새로 제시할 수도 있다. 그럼에도 불구하고 자비출판은 주변에 적극적으로 추천하기는 여러모로 위험한 점이 많다. 만약 이것저것 따지지 않고 그냥 '내 책'이 세상에 '나왔다'라는 사실에만 만족할 수 있다면 자비출판을 추천한다.

기획출판은 저자의 원고를 가지고 출판사가 전략적으로 기획하고 마케팅해서 판매하는, 우리가 보통 알고 있는 출간 과정을 거친다. 투고, 공모전, 기타 발굴 과정을 통해 원고를 선택하고, 그 원고를 어떤 책으로 만들지 치열하게 고민한다. 당연히 책의 제작비나 부대비용도 출판사에서 부담한다. 대신 저자는 10%의 인세, 즉 정가의 10% 내외로 수익을 가지고 가는 방식이다. 10%의 수치가 너무 적게 느껴질 수 있다. 나 역시 출판업을 시작하기 전에 10%에 기함하기도 했다. 앞으로 이 책을 천천히 읽으면 깨닫게 될 테지만, 책 시장은 출판사도 저자에게 10%만 줄 수밖에 없는 수익구조다. 대형 서점에서 책 정가의 40%를 판매수수료로 책정하기 때문이다. 남은 60% 안에서 저자와

출판사(편집자, 마케터, 디자이너 등), 제작사가 절반보다 약간 더 남은 덩어리를 나눠 가지는 셈이다.

　기획출판의 가장 큰 단점은 아무래도 원고가 채택될 가능성이 희박하다는 점이다. 출판사가 총력을 기울인다는 건 저자의 원고에서 가능성을 봤다는 뜻이다. 저자의 명성이 뛰어나거나, 기존 작품이 호평을 받았거나, 무명 작가인데 금방 독자를 사로잡을 것 같다거나 등 뭔가 특출난 지점을 발견해야 기획출판을 시도한다. 하지만 수십, 수백, 수천 통으로 밀려오는 투고를 꼼꼼히 살피기란 어렵고, 어려운 탓에 저자의 글맛을 긴 호흡으로 알아채기가 힘들다. 발코니 출판사도 1인이 운영하는 작은 출판사지만, 꾸준히 투고가 들어오고 있다. 개수를 정확히 세어보지는 못해도 연평균 100~200편의 원고가 도착한다. 2019년에 문을 연 발코니 출판사가 투고를 통해 저자와 계약하고 실제로 출간한 경우는 단 2종에 불과하다. 1% 확률에 가깝다고 볼 수 있다.

다른 책을 인용할 때 무엇을 주의해야 할까?

독립출판, 자비출판, 기획출판 등 어떠한 방법으로 하더라도 일단은 책의 재료인 원고가 있어야 한다. 직접 쓰는 나만의 이야기를 완성하다 보면 다른 출판사의 책, 다른 독립출판물의 내용을 인용해야 할 때가 한 번쯤은 온다. 적게는 한 단어, 한 문장부터 많게는 한 문단 전체 인용이 필요할 텐데, 문제는 이 인용 방법을 정확하게 안내하는 자료가 많이 없다는 점이다. 논문 작성이나 비평 등의 목적은 저작권법 제28조[4]에 따라 복잡한 절차 없이 가능하다. **하지만 내가 '독립서점에서 판매될 독립출판물'이라는 상업적 목적의 책을 만들 때 인용하려면 반드시 '저작권자'와 '출판권자' 양측의 동의를 받아야 한다.**

간혹 "출처를 꼼꼼하게 표기했기 때문에" 혹은 "오히려 인용된 책을 홍보해주는 효과도 있기 때문에" 등의 이유로 양측의 동의 절차를 생략하는 창작자도 있다. 절대 그렇지 않다. 상업적 목적의 출판물에서 인용할 때는 출처를 꼼꼼히 남겼다고 해서, 책을 홍보하는 효과를 유발한다고 해서 절차를 무시할 수 없다. 작은 서점에서 작게만 판매하든, 개인 소셜미디어에서 두세 권만 판매하든 똑같다. 책 속 내용을 인용할 땐 출판사와 작가의 동의를 받아야 한다.

절차는 어렵지 않다. 인용할 책의 출판사가 있다면 출판사에 가장 먼저 연락하는 게 빠르다. 이메일이나 전화로 연락한 후, 현재 출간 예정인 책 안에서 어떤 부분이 어떻게 인용되는지 말하고, 출판사에서 해당 페이지 원고를 요청할 시 그대로 보내주면 된다. 상대 출판사에서 검토가 끝나면 원서 저자에게 연락하고, 저자 동의까지 완료되면 최종 결과를

---

5. 저작권법 제28조(공표된 저작물의 인용) : 공표된 저작물은 보도·비평·교육·연구 등을 위하여는 정당한 범위 안에서 공정한 관행에 합치되게 이를 인용할 수 있다.

전달해준다. 이때 인용문에 대한 별도의 비용이 있으면 그 비용을
지불해야 한다. 어떤 출판사는 한 문단에 10만 원 내외를, 또 어떤
출판사는 무료 인용을 말하기에 표준화된 가격은 따로 없다.

　　만약 출판사가 없는 개인 독립출판물이라면 판권지에
기재된 작가 이메일로 연락하고, 작가 이메일이 없다면 그 책을
구입했던 독립서점을 통해 작가 연결을 부탁해야 한다. 작고
문인이라면 작고 문인의 가족이나 한국문학예술저작권협회
등을 통해 연결할 수 있고, 해외 저자라면 그 책의 판권을 수입한
국내 에이전시가 있다. 이런 방법도 저런 방법도 없다면 인용을
포기해야 한다. 갖은 방법을 다 써도 원작자와 연결할 수 없었다는
이유로 무단 인용은 허락되지 않는다.

　　인용 허가 절차는 한 달 안에 끝나는 경우가 많다. 원고를
다 집필하고 디자인하는 동안 문의해도 충분한 시간이다. 이
시간이 귀찮거나, 인용 비용이 아까워서 슬그머니 무단으로
인용하는 창작자가 간혹 있다. 발각되지만 않으면 괜찮다고
생각할 수 있고, 실제로 발각될 확률도 낮다. 그런데 그렇게까지
무단 인용으로 책을 완성해야 하겠다면, 그 책이 세상에 나올
이유가 있을까.

디자인은 어떻게 해결해야 할까?

독립출판 과정 중 가장 힘든 것이 무엇이었냐는 질문에
'디자인'이라고 답하는 창작자는 생각처럼 많지 않다. 디자인보다
오히려 편집이나 유통, 재고 관리가 가장 어려웠다는 의견이 꽤
자주 오간다.

물론 창작 디자인이라고는 초등학교 재학 시절 그려 본
불조심 포스터가 가장 큰 작품이었던,『Good Afterbook』저자와
비슷한 사람에겐 '책'을 '디자인'한다는 게 여전히 큰 모험처럼
여겨진다. 모험 같긴 해도, 막상 시도해보면 문서 한 쪽을 여러 번
디자인하듯이 반복하며 손에 익기 시작한다. 평소 워드프로세서
안에서 상하좌우 여백을 맞추고 쪽번호 위치를 정하고 글자
크기와 행간 너비 등을 조정하던 것에서 한 걸음만 더 나아가면
된다는 심정으로 시작하면 좋겠다.

내 책을 디자인하는 방법을 크게 두 가지로 나눠봤다.
첫째, 인디자인을 이용해 직접 디자인하기. 둘째, 외주 디자이너를
찾아서 의뢰하기 등이다.

인디자인을 이용해 직접 디자인하기를 말하기에 앞서서,
이 책은 디자인에 대한 방법과 이론, 기술 등은 상세히 다루지
않는다. 수많은 독립출판 가이드북에서 책 디자인을 언급하고
있지만, 실제로 0부터 100까지 완벽하게 설명하는 책은 아직

보지 못했다. 이유는 간단하다. **책 디자인은 '독립출판 한 권으로 끝내기' 안에서 설명할 수 없는, 방대한 영역이기 때문이다.** 아마 대체적으로 다음과 같은 설명을 '독립출판 한 권으로 끝내기' 안에서 다루고 있을 것이다.

· 판형 설정하기

인디자인을 열고, 메뉴에서 [파일]-[새 문서]를 선택한다. 책 크기와 책의 넘김 방향을 설정한 후, [페이지 마주보기] 항목에 체크한다.

· 마스터 페이지 만들기

마스터 페이지는 책마다 반복되는 요소를 넣는 배경 페이지다. 현재 페이지 우측 상단의 챕터명이나 하단의 쪽번호 등이 각 페이지마다 일관되게 찍히게 할 때, 마스터 페이지를 사용한다. 본문을 디자인하기 전에 마스터 페이지를 미리 설정하면 편리하다.

· 본문 디자인하기

본문을 디자인하기 전에 전체적인 콘텐츠 배치를 결정한다. 프롤로그, 목차, 본문, 에필로그, 판권지 등의 순서가 일반적이다. 배치가 결정됐다면 프레임에 맞춰 페이지 레이아웃을 세부 조정한다.

· 콘텐츠 추가하기

완성된 레이아웃에 이제 본격적으로 책 내용을 입력한다.
[텍스트 박스] 도구를 프레임에 맞게 그리고, 그 안에
원하는 텍스트를 입력한다. 사진이나 그림도 마찬가지로
얹어준다.

· 변환하기

디자인이 완료되면, 인쇄용 PDF로 저장하거나 전자책용
PDF로 저장한다.

여기까지가 '인디자인으로 책 디자인하기'의 핵심 줄기다.
여기서 세부 설명이 추가되고, 인디자인 캡처 이미지가 추가되는
등의 방식으로 다뤄진다. 하지만 '한 권으로 끝내기'와 같은 도서
안에서 인디자인을 다루기엔 지면상 한계가 분명히 존재한다.

독립출판에서 디자인이 큰 부분이긴 하지만, 과정의 전부는
아니다. 이에 상세한 프로세스를 넣기 어려워서 초보자가 보기엔
다소 두루뭉술한 설명으로 끝낼 수밖에 없다.

『Good Afterbook』은 책 디자인을 어떻게 하는지 기술과
순서를 알려드리기 보다는, 책 디자인을 어떤 방식으로 배우고
익히면 좋을지, 그리고 책 디자인에서 중요하게 고려해야 할 것은
무엇인지를 알려드리고자 한다. 거듭 말씀드리지만, 책 디자인은
'독립출판 한 권으로 끝내기'에서 다 설명할 수 없으며, 표면적인
설명으로 쪽수를 채우기엔 독자가 『Good Afterbook』에 지불한

정가를 아깝게 만드는 것이라 생각한다.

현재 시점에서 책 디자인의 기초부터 심화까지 살펴볼 수 있는 가장 좋은 플랫폼은 '유튜브'다. 출판사 운영자가 유튜브에서 책 디자인을 배우라고 말하는 게 누군가가 보기엔 전문성 결여라 판단될 수 있다. 하지만 생애 첫 책을 만들고자 하는 예비 창작자에게 전문 학원이나 고액의 온라인 클래스 등록을 먼저 권하는 건 그다지 현실적인 방법이라 생각하지 않는다. 전문 디자이너라면 누구나 공감하듯이, 디자인은 배우면 배울수록 어렵고 복잡하다. 그런 커리큘럼을 독립출판 예비 창작자에게 권하기 전에, 무료로 감을 익힐 수 있는 유튜브를 먼저 추천하고 싶다. 유튜브에서 인디자인 기본 작동법을 익히고 나면 그 다음부터는 스스로 여러 가지 변주를 주면서 책을 디자인할 수 있다. 당연히 전문 디자이너 수준의 작품은 나오기 어렵다. 전문 디자이너의 수준까지 오르고 싶다면, 그때야말로 앞서 언급한 유료 강의를 들으면 된다.

책 디자인을 익히기 좋은 다음 방법으로는 인디자인 실무 서적이다. '독립출판 한 권으로 끝내기' 류의 도서에 비해 인디자인을 훨씬 더 구체적이고 정확하게 설명하고 있다. 인디자인 무작정 따라하기, 일주일 완성 등의 제목으로 된 실무 서적을 구입하거나 인근 도서관에서 대출하고, 2주가량 유튜브와 함께 살펴보며 연습하면 좋다. 인디자인 실무 서적의 좋은 점은, 각 도서를 집필한 디자이너의 개인 팁도 들어가 있다는 점이다. 디자이너마다 툴을 다루는 방식도 다르니 본인에게 잘 맞는 방법은 무엇인지 여러 가지 시도할 수 있다.

독립출판 관련 강연을 할 때마다 예비 창작자분들께 강조한다. '나의 첫 책'은 반드시 내 기대보다 허술할 거라는 사실이다. 처음 창작한 작품이 완벽하다면, 완벽한 것 자체로 문제 아닐까. 독립출판은 첫 시도, 두 번째 시도, 세 번째 시도 등 창작을 거듭할수록 실력도 성장한다. 몇 종의 책을 더 만들었는데도 첫 작품이 여전히 완벽해 보인다면 과연 창작자 스스로 발전했는지 물어야 할 때라고 생각한다. 그런 의미에서 첫 시도는 후회가 남을 수밖에 없다. 그 첫 시도에 유료 디자인 강의, 고가의 폰트 라이선스 등을 추가하는 건 효율적이지 않다. 일생의 단 한 권만 내고 다시는, 절대로 책을 만들지 않겠다면 다른 이야기겠다. 그런 게 아니라면 '나의 첫 책'은 반드시 허술할 거라는 사실을 미리 인정하고 독립출판을 시작하길 바란다. 그렇게 시도해야 다음 출판도 이어갈 수 있다.

유튜브와 실무 서적으로 기본기를 익힌 후 책을 직접 디자인하기로 했다면, 표지 디자인에서 꼭 기억해야 할 것이 있다. **표지는 '정면'으로만 이뤄지지 않았다는 점이다.** 정면 표지는 독자와 마주하는 첫인상인 만큼, 중요한 지점이긴 하다. 그러나 책의 표지는 정면뿐만 아니라, 책등과 뒤표지, 표지 안쪽으로 접히는 책날개도 있다. 표지를 2차원 평면에 쭉 펼치면 [뒷날개-뒤표지-책등-앞표지-앞날개]의 순서로 한 폭의 그림이 완성된다. 이 전체적인 그림을 머릿속에 그리며 표지를 디자인해야 한다.

뒷날개, 뒤표지, 책등, 앞표지, 앞날개 순서로 펼친
『Good Afterbook』표지

목표 출간일은 3주 뒤인데 앞표지 디자인만 계속
붙잡고 고민하는 분들이 많다. 인쇄일은 가까워져 오고 앞표지
완성도에만 집중해서 결국 책등과 뒤표지, 앞뒤 날개는 형식상
대충 완성한다. 그렇게 만들어진 책은 실제로 살펴볼 때 어색하다.
마치 말끔하게 씻고 머리 스타일도 잘 매만졌으나 옷은 5년 전
회사 체육대회 때 받은 단체 티셔츠를 입은 채 결혼식장에서
손님을 맞이하는 모습과 비슷하다. 물론 결혼식장에 회사
체육대회 단체 티셔츠를 입지 말라는 법은 없지만, 어딘지 모르게
장소의 합의점을 벗어난 사람처럼 보일 것이다. 앞표지에 모든
힘을 쏟고 나머지 면은 구실만 갖추는 것도 이러한 합의점에서
벗어나는 것과 같다.

더군다나 독자와 처음 만나는 면이 앞표지가 아닐 수도
있다. 매일 수백 종의 신간이 쏟아지는 세상이다. 2022년에 발표된
한 해 신간 발행 종수는 64,657종이다. 한 달에 5천 종 이상,
하루에 180여 종의 신간이 나오는 셈이다. 이 책들을 서점이 모두

감당할 수 없는 노릇이다. 서점이라는 공간은 물리적으로 한계가 있고, 그 한계 속에서 책을 배치하려면 내 책도 언젠가는 서가 한 편으로 퇴장해야 한다. 빠르면 하루 만에 세로로 꽂히는 서가로 책이 들어갈 수도 있다.

이렇게 서가에 꽂힌 책이 독자와 가장 먼저 마주하는 면은 책등이다. 책등 디자인이 별로 중요하지 않다고 생각해서 구실만 갖췄을 때, 그 모습이 불특정 독자를 사로잡기란 어렵다. 책등도 첫인상이 될 수 있다는 사실을 유념해야 한다. 뒤표지도 마찬가지다. 어떤 독자는 책의 제목만 얼른 보고 곧바로 뒷면의 자세한 내용 소개를 살펴본다. 온라인 서점처럼 책 정보가 상세히 기록돼 있지 않기에, 이 책의 구체적인 설명을 뒤표지에서 읽은 후 구매하는 것이다. 어느 하나 중요하지 않은 지점이 없다.

이러한 디자인이 너무 어렵다면 부득이 외주 디자이너를 찾아야 한다. 이때 평소 알고 지내던 디자이너 지인, 디자이너들이 자주 활용하는 온라인 커뮤니티 정보, 디자이너 개인 연락처 등이 있으면 다행이지만, 그렇지 않은 경우엔 어디서 어떻게 알아봐야 할지 난감하다. 만약 별도의 디자이너 리스트가 없다면, 재능 판매 사이트에 먼저 찾아보길 추천한다. '크몽' 혹은 '숨고'와 같은 곳에서 프리랜서 디자이너들이 각자의 기본 견적가를 제시하고 있다. 자신에게 맞는 디자이너를 선택하고 대화를 통해 최종 견적을 산출할 수 있다. 재능 판매 사이트 외에 '산그림'처럼 디자이너들이 개인 포트폴리오를 수시로 업데이트하는 웹페이지도 있다.

어느 방향이든 스스로의 선택에 따라 다양하게 작업 의뢰가 논의되겠지만, 공통 조건이 있다. 외주 디자이너에게 의뢰할 땐 **예산, 희망 작업 기한, 원하는 디자인에 대한 구체적 설명, 레퍼런스** 등을 반드시 준비해야 한다. 대충 얼마 정도, 대충 언제까지, 대충 이런 느낌 식의 의뢰는 지양했으면 한다.

현재 책 디자인에 지출할 수 있는 총 예산을 디자이너에게 먼저 제시해야 좋다. '디자인 비용으로 100만 원 생각하고 있긴 한데 70만 원 정도에 어떻게 안 될까?' 식의 두루뭉술함이 아니라, '70만 원 안에 끝낼 수 있으면 좋겠다. 하지만 부득이 비용이 추가돼야 할 경우 100만 원까지 가능하다'라고 디자이너에게 정확하게 전달하길 바란다. 디자이너는 의뢰인의 예산이 얼마인지 모르는 상태이기 때문에 '얼마에 가능해요?'라는 질문에 명확히 답할 수 없다. 길 가던 사람 붙잡고 "제 통장에 얼마 있게요?" 묻는 것과 비슷하다.

작업 기한도 '빠를수록 좋다'거나 '며칠 걸려요?'가 아니라, 출간 예정일과 인쇄 시작 희망일을 정확하게 말하고, 그 시기가 미결정 상태라면 '몇 월 몇째 주', 혹은 '다음 달 초' 등 디자이너가 스케줄을 잡을 수 있게 범위를 알려줘야 한다.

디자인에 대한 구체적인 설명이 가장 문제인데, 지금 내가 원하는 디자인이 어떤 것인지 말이나 글로 설명할 수 없다면 레퍼런스라도 찾아서 보여주는 게 서로의 의견을 합일하는 데 도움 된다. 디자이너가 참고했으면 하는 예시 자료를 여러 개 긁어모아서 한 번에 전달하는 방법도 있고, 직접 예상 구도를

그래서 전달하는 방법도 있다. "아니 내가 디자인을 못해서
의뢰하는 건데 어떻게 그려주나요?"라고 물을 수도 있겠다.
디자이너에게 예상 구도를 그려서 전달하라는 건 정말 기본적인
스케치만 하자는 뜻이다. 아래 예시처럼 전달하면 내 의도가
정확히 반영되고, 작업 기한도 대폭 줄일 수 있다.

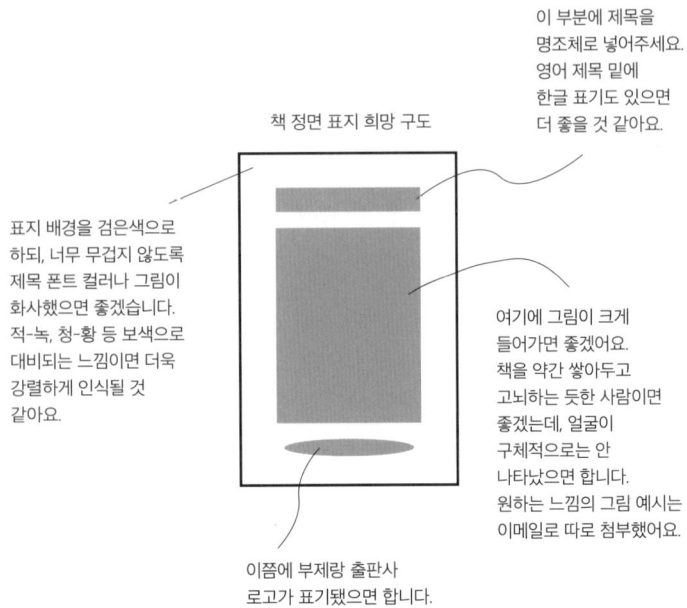

이 부분에 제목을
명조체로 넣어주세요.
영어 제목 밑에
한글 표기도 있으면
더 좋을 것 같아요.

책 정면 표지 희망 구도

표지 배경을 검은색으로
하되, 너무 무겁지 않도록
제목 폰트 컬러나 그림이
화사했으면 좋겠습니다.
적-녹, 청-황 등 보색으로
대비되는 느낌이면 더욱
강렬하게 인식될 것
같아요.

여기에 그림이 크게
들어가면 좋겠어요.
책을 약간 쌓아두고
고뇌하는 듯한 사람이면
좋겠는데, 얼굴이
구체적으로는 안
나타났으면 합니다.
원하는 느낌의 그림 예시는
이메일로 따로 첨부했어요.

이쯤에 부제랑 출판사
로고가 표기됐으면 합니다.

　　책 디자인을 비롯해 다른 전문가에게 디자인을 맡기는
게 처음인 분들이 가장 크게 오해하시는 게 '디자이너라면 다
알아서 해줄 거야'라는 생각이다. 의뢰인에게 비용을 청구해

작업물을 제작하는 사람이 전문가는 맞지만, 의뢰인의 생각까지 모두 꿰뚫어 볼 수는 없다. 디자이너는 내 상상과 요청을 현실로 구현해주는 사람이다. 먹고 싶은 게 뭐냐고 물어볼 때 "난 잘 모르니까 맛있는 걸로 아무거나"라고 말하는 사람이 가장 난감하듯이, 어떤 디자인을 원하냐고 물어볼 때 "난 잘 모르니까 멋있는 걸로 알아서"라고 말하는 의뢰인이 가장 난감하다. 기왕 외주 비용을 투자하기로 했다면 최대한 구체적이고 정확하게 내 의사를 전달해서 책을 완성하자.

책의 크기, 판형은 어떻게 결정할까?

책의 크기는 '판형'이라고 부른다. 신국판, 국판, 문고본 등 사이즈별로 특정 명칭이 붙는다. 우선 종류부터 살펴보자. 통상적으로 자주 제작되는 책 크기는 아래와 같다.

판형	가로	세로
B5	188mm	257mm
신국판	152mm	224mm
국판(A5)	148mm	210mm
4·6판	127mm	188mm
A6	105mm	148mm

책은 이러한 판형을 기준으로 잡고 여러 변형이 이뤄진다. 가로 길이를 더 줄인다거나, 세로 길이를 더 늘이는 등 각자의 개성에 맞게 바꾸는 것이다. 이런 판형을 잘 결정해야 하는 이유는 크게 두 가지다. **첫째는 원가 절감, 둘째는 콘텐츠 전달력 때문이다.**

'당연히 책이 크면 제작 단가가 비싸고, 작으면 싸겠지'라고 생각할 수도 있지만, 원가 절감의 의미는 더 큰 틀에서 생각해야 한다. 표에 명시한 판형을 가장 많이 사용하는 이유는 인쇄소에서 자주 제작하는 단위이기 때문이다. 책을 제작할 때는 아주 커다란 종이를 내가 만들 책의 크기에 맞게 접거나 절삭한다. 그럼 남는 자투리 종이가 적을수록 제작 단가도 그만큼 줄어들 수밖에 없는 것이다.

간단하게 비교해보자면 가로 100cm, 세로 100cm의 종이가 있을 때 10cm*10cm 크기로 자르면 100장이 나오지만 11cm*11cm 크기로 자르면 82장 밖에 나오지 않는다. 가로와 세로 1cm씩 늘였을 뿐인데 18장이 차이 난다. 만약 책 크기를 비슷한 비율로 환산해본다면 36페이지가 날아가는 셈이다. 36페이지라는 차이가 두세 번, 서너 번 쌓이면 책 한 권 분량이 버려지는 것이니 제작 단가는 확연히 달라질 수밖에 없다.

만약 제작 단가를 크게 고려하지 않고 있어서 나만의 독특한 판형을 원하는 분들은 그렇게 진행해도 괜찮다. 그러나 내 책이 전달해야 할 콘텐츠 특성을 꼭 생각해야 한다. 판형은 '내 글이 담길 그릇'이다. 그릇 크기가 어떤가에 따라 글이 더 풍성해

보일 수도, 오히려 빈약해 보일 수도 있다.

음식에 비유하자면, 식당에서 음식을 팔 때는 그 음식에 맞는 그릇에 담아서 내놓는다. 숟가락으로 휘휘 비벼 먹어야 하는 비빔밥을 작은 접시에 꾹꾹 눌러 담아준다면 어떨까. 서너 입으로 끝날 디저트를 쟁반짜장 그릇에 올려준다면 어떤 기분일까. 책도 마찬가지다. 독자들이 쉬엄쉬엄 여유롭게 읽길 바라는 글은 넉넉한 판형에, 누군가 이동 중에도 틈틈이 읽길 바라는 글은 작은 판형에. 행과 행, 연과 연 사이의 여백이 중요한 시집이라면 가로가 짧고 세로가 조금 긴 판형에, 거창한 이야기는 아니더라도 친구처럼 가까운 이야기가 많은 책이라면 작고 귀여운 판형에. 너무나 많은 선택지를 고려해야 한다.

이런 점들을 고민하지 않고 '나는 작은 책이 좋으니까 작게' 혹은 '나는 큰 책 이 좋으니까 크게'만 고집한다면 내가 쓴 소중한 글이 원래의 가치보다 더 낮게 평가될지도 모른다.

ISBN은 무엇이며, 어떻게 받는 걸까?

ISBN은 간단히 말해 도서일련번호다. 서점에서 구입한 책 중 한 권을 골라 뒤집어보면 바코드가 보일 것이다. 이 바코드 주변에 명시된 숫자, 혹은 바코드를 찍었을 때 인식되는 숫자가 바로 ISBN이다.

ISBN은 국제표준도서번호(International Standard Book

Number)의 약자로, 책을 고유하게 식별하기 위한 번호 체계다. 이 번호는 제목, 저자, 출판사, 발행년도 등의 정보를 담고 있으며, 이를 통해 책을 식별하고 추적할 수 있다. 참고로 『Good Afterbook』의 ISBN과 이에 따른 바코드는 아래와 같다.

담당 기관은 나라마다 다르지만, 우리나라는 국립중앙도서관에서 부여하고 관리한다. 따라서 내 책의 ISBN을 발급받고 싶다면 국립중앙도서관 한국서지표준센터에서 신청해야 하는데, 출판사 신고가 되어있거나 이에 준하는 자격이 있어야 신청 가능하다. 신청과 발급에 따른 수수료는 없다. 신청 후 평일 기준 3일 내외 소요된다.

독립출판물도 ISBN 발급이 가능한지 여쭤보는 분들이 많다. 가능 여부는 책이 '독립출판물인지 기성 출판물인지'에 따라 결정되는 게 아니라, 출판사 신고가 완료되어 있는지에 따라 결정된다. 창작자 본인이 본인 소유의 출판사가 있다면 당연히 발급할 수 있겠지만, 출판사가 별도로 존재하지 않을 시에는 불가하다.

몇몇 독립출판물 창작자는 ISBN 발급을 위해 다른 출판사 이름을 빌리는 경우도 있다. 발코니 출판사는 대행 발급 서비스를

하지 않고 있지만, 이 서비스를 전문적으로 하는 출판사가 꽤
있다. 비용은 2023년 기준으로 5만 원 내외지만, 출판사마다
다르다. 포털사이트에 'ISBN 대행'을 검색하면 여러 업체를 찾아볼
수 있다.

만약 지금 개인 출판사가 있는데 ISBN 발급을 망설이고
있다면, 혹은 앞으로 출판사를 개업할 계획이라면 아래와 같은
절차로 ISBN을 신청하면 된다.

① 국립중앙도서관 한국서지표준센터에 접속해 출판사
   명의로 가입한다. 이때 출판사신고확인증을 미리
   스캔해두면 편리하다. 홈페이지 및 시스템 개편 여부에
   따라 다르지만, 출판사 명의로 가입 후 승인까지 며칠
   걸릴 수 있다. 출판사신고확인증을 받자마자 가입하는
   게 좋다.

② 출판사 명의로 가입 후 '발행자 번호'를 먼저 신청한다.
   발행자 번호를 받아야 ISBN도 신청할 수 있다. 발행자
   번호 발급 역시 ISBN과 마찬가지로 3일 내외 소요된다.
   반드시 출간할 책이 있다면 발행자 번호부터 신청하자.
   발행자 번호 신청 때는 출간 예정 도서 종수와 가제만
   입력해도 된다. 추후 변동되더라도 문제없으니 미리
   신청해야 출간 일정이 밀리지 않는다.

③ 발행자 번호를 받았다면 본격적으로 ISBN을 신청하면
된다. 출간 예정 도서에 꼭 맞는 부가기호를 선택해야
하는데, 『Good Afterbook』처럼 실용서가 아니면 대개
[교양-일반 단행본-문학-한국 문학] 순서의 카테고리를
따른다. 이렇게 하면 부가기호가 '03810'일 것이다.

④ 제목과 저자, 판유형, 크기나 정가 등 필수입력 항목을
성실히 작성하고, 추가정보(책소개, 목차, 저자 소개 등)는
여유가 될 때 입력해도 충분하다. 추가정보를 기재하지
않았다고 해서 ISBN이 발급되지 않는 경우는 거의 없다.

⑤ 최종 신청이 끝나면 며칠 내로 ISBN이 나온다. 신청조회
페이지에 들어가서 바코드 파일을 다운로드하고 표지
디자인 위에 얹어주면 뒤표지에도 선명히 찍힌다.
바코드 파일은 되도록 EPS 파일을 받는 것이 좋다.
EPS 파일은 해상도가 높고 확대 및 축소에 대한 손실이
없어서 인쇄 용도로 많이 사용된다.

위와 같은 절차를 통해 ISBN이 부여된 책은 출간 후 가급적
빠른 시일 내에 국립중앙도서관에 2부 납본해야 한다. 납본처와
방법 등은 앞서 안내된 국립중앙도서관 한국서지표준센터
홈페이지에 안내돼 있다. 참고로 납본 시 배송료는 출판사가
부담하는 게 원칙이며, 판매용 도서일 경우 한 권에 해당하는

정가를 추후 보상받을 수 있다.

납본은 필수다. 납본을 가볍게 생각하고 천천히 하는 경우도 있는데, 최대한 제때 하는 게 좋다. 기록문화유산의 후대전승이라는 대승적 차원도 있지만, 납본을 게을리하면 실무적인 부분에서 제동이 걸린다. 각종 우수도서 공모 사업에 지원하려면 해당 도서의 '납본 증명서'를 필수로 첨부해야 한다. 납본 절차는 ISBN 발급처럼 며칠 내로 끝나는 게 아니라 길게는 한 달 넘게 걸릴 수 있어서, 납본 증명서 부재로 공모 사업에도 지원하지 못하는 상황이 꼭 한 번은 온다. 책이 완성되자마자 납본을 마치길 바란다.

나에게 ISBN이 꼭 필요할까?

ISBN은 도서에 일련번호를 부여하는 '시스템'일 뿐이다. ISBN이 없는, No-ISBN 도서[5]라고 해서 작품 가치가 떨어진다거나 작품으로서 인정받지 못하는 것은 아니다. ISBN을 발급받는 이유에는 여러 가지가 있지만, 가장 큰 이유는 아무래도 대형 서점과의 거래가 가능하기 때문이라 생각한다.

대형 서점은 기본적으로 ISBN이 발급된 도서만 취급한다.

---

5. 이 책에서는 'ISBN이 없는 독립출판물 혹은 그와 비슷한 형태의 인쇄물'을 설명 상 편의를 위해 모두 'No-ISBN 도서'라 칭했다.

예외의 경우가 있긴 하지만, 정말 예외 중 예외일 뿐 No-ISBN
도서가 유통되는 상황은 거의 없다고 봐야 한다. 만약 내가
출판사를 개업할 계획이 없고, 개인 독립출판물을 독립서점에만
입고해서 유통하고 싶다면 굳이 ISBN을 발급받을 이유는 없다.
오히려 No-ISBN 도서가 독자들에게 더 매력적으로 다가갈
가능성이 있고, 희소성 있는 책으로 인식되는 장점도 있다.

다만, "ISBN이 없는 책은 책이라 부를 수 없다!"라는
말은 법률상 맞는 말이긴 하다. **No-ISBN 도서의 가장 큰 특징
중 하나는 도서정가제를 따르지 않아도 된다는 점이다.** No-
ISBN 도서는 엄연히 말해 면세 품목 중 하나인 '책'이 아니라
'인쇄물'이다. 도서정가제를 따라야 하는 '책'이 되려면 ISBN이
부여되어야 한다. 하지만 No-ISBN 도서는 그런 절차를 따르지
않았으니 도서정가제 적용이 안 되는 '인쇄물'인 것이다.

이에 만약 No-ISBN 도서를 제작한 후 책의 표지를 비롯한
외관상 어딘가에 흠집이 났다거나, 내용을 읽는 데는 문제없지만
공정상 하자가 있다면, 그 책을 무한정으로 할인할 수 있다. 판매
불가한 상태이더라도 도서정가제에 따라 최대 10%까지만 할인할
수 있는 ISBN 도서와 다르다.

이 점을 잘 활용한다면 재고를 처리하기에 굉장히
유용하다. 만약 내가 제작한 No-ISBN 도서가 몇 년이 지나도록
공간을 크게 차지하고 있다면, 최소 제작비만 남길 수 있을
정도로 할인해 재고를 한 번에 처리할 수 있다. ISBN 도서는 이와
다르게, 정식 출간일 이후 1년이 지나야 정가를 다시 책정할 수

있다. 정가를 다시 책정한다고 해도 이미 시중 서점에 책이 진열돼
있다면, 표지나 내지에 쓰인 가격 표시 위에 스티커를 붙여 다시
알려야 하는 등 복잡한 과정이 이어진다. 그래서 No-ISBN이든
ISBN이든 각각 장단점이 있으니 지금 제작 중인 내 책에 가장
적합한 방식을 선택하면 된다.

　　그러나 명심해야 할 것은, 내 책이 아무리 No-ISBN
도서라 해도 그 책을 판매하는 장소나 플랫폼의 규정을 존중해야
한다. 대부분의 독립서점은 No-ISBN 도서도 도서정가제에
의거해 판매하고 있으며, 각종 독립출판물 페어에서도 할인율을
도서정가제에 맞춰서 책정해줄 것을 요청하는 게 보통이다. No-
ISBN 도서가 도서정가제를 따르지 않아도 되는 것은 사실이지만,
그 사실만으로 각 판매처의 규정도 당장 바뀌어야 한다고 말하는
것은 무리다.

　　도서정가제의 옳고 그름에 대한 견해가 독자, 작가, 출판사,
서점마다 다양하다는 것을 충분히 알고 있다. 각 주체의 주장이
서로 합의점을 찾아나가는 것은 그것대로 논의가 될 일이라
생각한다. 지금 독립서점 문화가 어떤 토대에서 만들어졌는지,
그 문화를 지키기 위해 독립서점들은 어떤 신념과 규정에 따라
운영되고 있는지를 함께 고려했으면 하는 바람이 있다. 만약
이러한 맥락에서도 No-ISBN 도서가 독립서점 운영 방침에
따라 판매되는 게 납득되지 않으면, 독립서점이 아닌 개인
소셜미디어나 네이버 스마트스토어를 통해 자유롭게 할인
판매하는 방법도 있다. 어떤 방향이든 누가 옳고 그르다고 무

자르듯 쉽게 말할 수 없다.

No-ISBN 도서와 도서정가제의 관계는 앞으로 계속 논의되어야 할 지점인 것은 분명하다.

대화 1

: 작가 '진서하'

진서하 작가는 2018년, 독립출판물 『돌아오는 새벽은 아무런 답이 아니다』를 직접 만들었다. 이후 발코니 출판사와 계약해 동명의 책을 개정증보판으로 출간했고, 출간 후 한국문화예술위원회 문학나눔 도서 저자에 선정됐다. 발코니 출판사는 『돌아오는 새벽은 아무런 답이 아니다』를 경북 구미의 독립서점 '책봄'에서 처음 발견했다. 당시 책의 앞부분만 살짝 읽고 곧바로 구입했던 기억이 있다. 진서하 작가의 최근작은 『상온보관의 마음』이며, 현재 글쓰기를 꾸준히 이어가고 있다.

작가님 소개 부탁드립니다.

안녕하세요. 『상온보관의 마음』과 『돌아오는 새벽은 아무런 답이 아니다』를 쓴 진서하라고 합니다. 반갑습니다.

독립출판을 시작하게 된 계기가 무엇인가요? 너무 많이 듣고 답하셨겠지만, 작가님이 처음인 분들을 위해 설명 부탁드립니다.

내적 변화와 외적 상황이 잘 맞아떨어져서였는데요. 삶을 보는 시선과 가치관에 큰 변화를 맞이했고, 내가 어떻게 살고 싶은지 어떤 사람인지 드디어 제대로 볼 수 있게 되었던 시기였어요. 변화 이전에 겪어왔던 모든 것들이 정말 지긋지긋하고 힘들었지만, 변화 덕분에 가치 있는 것이 되었으니, 잊어버리기 전에 잘 매듭짓고 기록하고 다잡고 싶었던 시기였어요. 그래서 글을 쓰기 시작했고요.

돌아보고 정리하고 가다듬기에 글쓰기만 한 것이 더 있을까 싶습니다. 왜냐면 가성비가 가장 좋기 때문이지요. 활자와 생각만 있어도 시작할 수 있는 게 글쓰기잖아요. 당시 저에겐 그랬습니다. 물론 쓰고 나서야 깨달았지요. 한참 건방진 생각이었다는 것을…. 하루 쓴 뒤 그 다음날 돌아보면 모두 지워버리고 싶은 마음을 참는 것부터, 퇴고 따위 모른 척하고 그냥 묻어두려다가도 훗날의 이불킥 횟수를 한 번이라도 줄이기 위해 유튜브 한 시간 덜 보려는 의지를 발휘하는 일들을 생각하면… 역시 가심비가 좋은 일은 아닙니다만. 그래도 제가 할 수 있는 가장 그럴싸한 직면이자, 할 수 있고 하고 싶은 일은 글쓰기였어요.

그렇게 핸드폰 메모장과 노트북 구석에 잘 숨겨둔 폴더에 글이 하나둘 쌓여가고 있을 때, 구미시 독립서점 '책봄'에서 독립출판 워크숍이 열렸어요. 이왕 쓸 거라면 책으로 내보자는 결심을 하게 됐습니다. 결심이 사그라들기 전에 냅다 입금부터 해버렸습니다. 저는 미래의 저를 잘 믿지 않는 편이라서요. 차라리 충동적인 저를 믿는 편이라….

시작할 당시 어떤 사람들이 읽으면 좋겠다고 생각하셨나요?

시작할 당시에는 사실 독자의 존재를 쉽게 상상하지 못했어요. 애초에 팔려고 마음먹고 쓴 책이 아니어서 더 그랬습니다. 책을 '팔겠다'가 아니라 '만들어 보겠다'에 초점이 있었으니까요. 그래서 그런지 초판본은 지금 보면 왜 이렇게 썼을까 하는 부분이 많아요. 다만, 어딘가에는 나와 비슷한 생각을 하는 사람이 분명히 있기 마련이고, 내가 외롭게 지나온 시간의 기록이 그 사람에게 혹여 닿게 된다면 그걸로 정말 충분하다고 생각했어요. 『돌아오는 새벽은 아무런 답이 아니다』는, 의도했던 것은 아닌데, TK-장녀로 살아온 삶의 애환이 묻어있는 책이에요. 그러니 비슷한 처지의 사람들이 읽어준다면, 읽고 나서 내게 자신의 이야기를 한 조각씩 전해준다면 좋겠다는 아주 큰 바람도 조금 있었던 것 같습니다. 지나고 보니 그러네요. 서로가 너무 외롭지는 않았으면 좋겠어요. 비슷한 외로움을 보태면 따뜻해지기도 하니까요.

정말 솔직하게, 몇 부 정도 판매될 거라 예상하셨나요? 예상이 어려웠다면 '이 정도만 팔려도 좋겠다' 싶었던 부수가 있었나요?

초판본 1쇄를 100부를 찍었는데요. 그게 다 팔렸을 때 저는 굉장히 당황했어요. 이게 왜… 다 팔려? 싶었던 거죠. 말씀드렸다시피 팔아서 돈 벌려고 찍은 책이 아니었어요. 이런 말이 어떨지 모르겠는데 보여줄 만한 일기장을 100개 찍는다 하는 느낌이었거든요. '100부 다 팔리면 그걸로도 참 재미있겠다' 하고 시작했으니까요. 제작 당시 2쇄는 제 계산에 없었어요. 이걸 더 찍을까 말까 고민하고 있는데 어떤 친구가 그러더라고요. 네 의도는 그랬을지 몰라도 이게 매대에 올라가서 판매되기 시작한 이상 이제는 상품이라고. 팔리는 상품을 더 만들지 않는 건 이해할 수 없다고. 더 팔 생각을 하라고요. 현실감 없는 저를 채찍질해 준 친구 덕분에 좀 더 찍어보자고 마음먹게 되었고 그러길 정말 잘했다고 생각합니다.

부수를 늘려 찍었는데 또 다 팔렸어요. 3쇄는 더 늘려서 찍었고 결국 판매를 완료했어요. 재쇄 들어갈 때마다 이게 맞나 싶었는데 다 팔리는 걸 보고 많이 놀랐습니다. 여러분이 얼마를 생각하시는지는 모르겠으나, 그리고 여건이나 콘텐츠의 내용에 따라서도 많이 달라지긴 하겠으나, 생각보다 많이 팔린답니다(?).

독립출판물을 제작할 때 원고 집필, 디자인, 인쇄소 견적 내기, 유통하기 등 다양한 과정 중 가장 힘들었던 점은 무엇인가요? 모든 과정이 어려웠다면 각 과정마다 다 말씀해 주셔도 좋고, 제시된 과정 외에 힘들었던 점도 좋습니다.

저는 워크숍 내에서 책을 완성했기 때문에 디자인과 인쇄 부분에서는 당시 워크숍의 도움에 많이 의존했어요. 디자인의 경우 제가 아이디어를 들고 가면 실현 가능한 범위 내에서 충분한 논의를 통해 디자이너분이 진행해주셨고요. 인쇄 견적도 마찬가지입니다. 소량 인쇄인 데다가 비수도권 거주 중이다 보니 감리 보러 가는 게 쉽지 않다는 불리함까지 있었죠. 그래서 최대한 리스크가 적은 흑백 인쇄로, 일반적으로 많이 사용하는 종이와 사이즈를 선택해서 진행하게 되었고요. 원고 분위기와 저의 취향 모두 다행히 그 안에서 만족스럽게 구현할 수 있는 형태였습니다.

다만, 워크숍 기본 전제가 두 달 만에 나만의 책 만들기였는데 아무리 써놓은 글이 있다고 해서 두 달 만에 책을 쓰는 게 쉬운 일은 아니더라고요. 책이 되어 누군가의 책장에 두고두고 꽂힌다고 생각하니 써 둔 글의 절반이 날아갔고, 마지막의 마지막까지 책이 될 원고를 고르다 보니 결국 애초에 써 둔 글의 25%

정도만 초판본에 실릴 수 있었어요. 그러니 글은 틈날 때마다 최대한 많이많이많이많이많이많이 써두세요 여러분(눈물).

당시 워크숍에는 매일 자정까지 마감한다는 규칙이 있었는데, 글을 써보신 분들이라면 이마를 치며 탄식하시겠지만, 이게 정말 피 말리게 어려운 일이었습니다. 마감의 어려움을, 특히 내 이야기를 가지고 빼곡 채운 글로 마감을 친다는 게 얼마나 어려운지 그때 절감했고요. 그 어려움을 피하지 않고 잘 겪어내는 만큼 배우는 게 많기도 했습니다.

이렇게 길게 말했지만 사실 제가 가장 어려웠던 건 입고와 유통 부분이었어요. 생각보다 많은 독립서점, 그만큼 많은 입고 신청서 양식과 유의사항, 그리고 각 서점의 콘셉트나 큐레이터의 취향 등 고려해야 할 사항이 굉장히 많거든요. 독립서점 각각의 고유한 특성이 있기 때문에 유의해야 할 점도 상당해요. 그런 일을 처음 하면서 혹여 실수해서 무례를 범하지는 않을까 매번 입고 메일을 보낼 때마다 노심초사하기도 했습니다.

날 잡아서 입고 메일을 왕창 보냈는데 생각보다 많은 서점에서 입고를 받아주셔서 신이 났다가도, 재쇄한 책 전량 인쇄 사고(페이지가 뒤죽박죽 위아래가 바뀌어 인쇄된 사고)로 그걸 다시 반송하고 항의하고(항의에만 일주일이 걸렸습니다) 재쇄 요청을 하고 작업이 들어간 동안 다시 수많은 서점들에 양해를 구하는 메일을 보내는… 그런 일이… 가장 힘들었습니다… 잊을 수 없네요… 그 인쇄소를 가만두지 않겠다고 이를 갈았지만 제가 할 수 있는 일은 없었습니다 하하.

내가 직접 제작한 책이 물질적으로 손에 잡혔을 때, 기분이 어땠나요? 참고로 저는 솔직히 크게 기쁘다기보다는 머릿속 그림처럼 나와서 다행이다 싶었습니다.

와 저도 그랬어요. 모든 게 다 마음에 들게 설정해놨으니 어련히 알아서 잘 나오겠지(믿음의 벨트 뭐 그런 거) 싶었고요. 와 이게 진짜 나오는구나 싶었어요. 그리고는 펼쳐보지 않았습니다… 너무 봐서 지긋지긋하더라고요. 지겹고 지긋지긋한데 그만큼 사랑스럽고 소중한 그런 기분이었어요. 대부분 공감하시지 않을까 싶네요.

저는 책이 나오고 나면 한 2주 정도는 표지만 쳐다봐요. 예쁘네… 오늘도… 어제만큼… 하면서. 어후 제 글은 꼴도 보기 싫어요. 한 달쯤 지나고 나면 그제야 슬쩍 들춰봅니다. 그렇게 들춰보면서 좀 놀라요. 내가 이런 문장을… 썼어? 하고요. 감탄이 아닙니다. 그럴 리가 없습니다. 그냥 남이 쓴 것처럼 느껴져서 그랬어요.

친구나 지인 등 가까운 사람들 외에, 아예 모르는 사람의 내 책 후기를 발견한 기억이 있을까요? 그때의 기분을 말씀해 주세요.

고백하자면 '에고 서치'를 자주 하는 편입니다. 주로 인스타그램 해시태그나 네이버 블로그를 통해서 후기를 많이 발견해요. 특히 블로그에 담긴 후기인 경우, 제 글과 책이 작성해주신 분의 일상 속에 묻어 있거나 아예 제 책을 위해서 한 편의 포스팅을 따로 작성해주시곤 하는데요, 두 경우 모두 다 정말 감사하고 기쁘더라고요. 침대 머리맡에 두고 자기 전 틈틈이 책을 살펴봐 주시는 분도, 여행지의 어느 독립서점에서 책을 만나 여행 내내 읽고 감상을 남겨주시는 분들의 마음을 읽으면서 쓰길 잘했다, 이게 무슨 복이냐 하고 생각하죠. '내가 쓴 글인 줄 알았다. 우린 어디서건 마주쳤을 것이다'라고 자신의 삶을 포개어 읽어주는 분도 계시고, '읽기 쉽진 않았지만 천천히 계속 읽게 된다'고 해주시기도 하고요. 어떤 감상이든 여전히 모두 다 신기하고 소중합니다.

계속 써도 될까, 쓰자고 이야기해도 될까 하는 제 자신과의 갈등을 수백 번씩 반복하는 요즘인데요. 이런 후기를 볼 때만 제 안에서 두 가지 감정이 교차하죠. 에고 서치하고 있는 나, 제법 자의식 과잉인가 싶어 스스로가 지겹다가도 "멀찍이서 완전한 타인과 이렇게 연결될 수 있다니 글쓰기 정말 잘했다 더 써볼까 봐!" 하고 용기를 얻기도 하고요.

에세이를 쓴다는 건 결국 자기 이야기를 전하는 자기 자신에게 질릴 수밖에 없는 일이기도 하지만, 그렇기 때문에 얻을 수 있는 독자와의 고유한 동질감이 있다고 생각해요. 거기에 홀려서 계속 쓰고 싶은가 봐요.

독자와의 북토크 경험이 있습니다. 어떤 기분과 마음이었나요?

저에게 독자는 실감할 수 없는 행복이었어요. 책이 나가는 걸 보면 어디에선가 팔리는 거 같기는 한데 실체를 만난 적은 없어서 늘 긴가민가했는데, 북토크 인원이 다 찼다는 소식을 들을 때부터 드디어 실감이 나는 거예요. 진짜… 있어? 내 책을 읽는 사람이? 굳이 나를 보러 오는 사람이? 하는 그런 마음이었어요.

북토크가 참 신기한 시공(時空)이잖아요. 사람들이 그곳에 모이는 이유가 작가와 책인 것 같지만, 실은 각자의 삶 때문이거든요. 꽉 닫힌 일상에 숨구멍을 내고 싶어서, 혹여 작가나 책이 내게 다른 시선과 말로 그 구멍을 내줄까 해서 모이는 거라고 생각해요. 작가로서 가는 북토크는 그래서 좀 무섭기도 했죠. 작가의 글과 삶을 이야기하다가 결국 자신의 고민을 털어놓게 된다는 걸, 관객으로서 수많은 북토크에 참가해봐서 알고 있었거든요.

늘… 울대를 입 밖으로 토할 것 같은 긴장감 속에서 시작하게 돼요. 실수할까 봐 겁도 나고요. 근데 제 모토는 그거거든요. 돈 받으면 돈값 해야 한다. 귀한 시간 내서 여기까지 온 사람들 앞에서 울대를 토할 순 없으니 정신 바짝 차리는 거죠. 책도 사주시고 읽어도 주시고 여기까지 와주셨으니 제대로 모시겠습니다. 하고요.

집필 과정부터 각종 비하인드를 풀어놓고 나면 Q&A 시간에 늘 등장하는 질문이 '저도 책을 내고 싶은데…'로 시작하는 질문들이에요. 그런 질문 앞에선 사실 부끄럽죠. 저는 막 무라카

미 하루키처럼 그렇게 멋진 루틴이 없고요… 생각하시는 것보다는 책을 많이 읽지도 않고요… 매일 쓰고 있지도 못하고요… 침대가 제일 좋고요… 확실히 말씀드릴 수 있는 건 '쓰려면 운동을 하셔요' 정도뿐인 거 같아요.

그래도 그런 질문을 제게 해주시는 마음이 뭔지 너무 잘 알겠고, 여전히 저도 다른 작가님들을 만나면 그런 질문을 하고 싶고, 그러니 제가 할 수 있는 최대한 솔직하게, 그러나 잘 정리해서 대답해드리는 수밖에 없는 거 같아요. 그리고 그걸 좋아해 주시는 거 같고요.

독립출판물로 만든 책을 내고 나서, 다음 책을 또 만들고 싶었나요?

처음 독립출판물을 냈을 때는 다시 책을 만들어보고 싶다기보다는 글을 계속 쓰고 싶다고 생각했어요.

집필, 디자인, 편집까지는 힘들어도 즐거웠어요. 제가 뭔가 만들어내는 일을 좋아하는 편이어서요. 그런데 재고 관리와 입고처 연락, 유통과 관련된 일은… 도저히 안 되겠더라고요. 생각보다 어려운 일이었어서, 다음에는 할 수 있다면 출판사의 힘을 빌려 책을 내보고 싶다고 생각했죠.

그런데 요즘은 다시 책을 만들어보고 싶다는 생각이 들어요. 사람이 이렇게 망각의 동물입니다. 두 번째 책 『상온보관의 마음』을 통해 제 안에 있는 이야기를 다시 다 하고 나니, 뭔가 새로운 걸 해보고 싶어져서요. 북디자인에 늘 관심이 많았는데 요즘 들어 제대로 배워보고 싶어졌어요.

발코니 출판사와의 계약 전과 후를 비교했을 때, 어떤 장단점이 있었나요? 독립출판물 제작 후 출판사와의 계약을 고민하는 작가님께 현실적인 부분을 알려주시면 좋을 것 같습니다. 출판사에서 이런 질문을 해서 어느 정도의 필터링이 있을 수밖에 없지만, 그럼에도 솔직하게 말씀 부탁드립니다.

하나부터 열까지 직접 프로세스를 체험하고 싶으시다면 단연 직접 제작하시는 편을 추천드려요. 또, 수익만을 생각한다면 독립출판물 제작해서 직접 유통하시는 게 당장은 훨씬 이득이겠죠? 입고처 판매 수수료를 제외하면 나머지 65%~70%는 제작자가 이윤을 가져가게 되니까요. 물론 이것도 판매가 된다는 전제하에서겠지만요.

　　　　출판사와 계약하는 경우 최대 10%를 가져가게 됩니다. 그렇지만 거기엔 그만큼의 대가가 있더라고요. 믿고 맡길 수 있는 출판사가 있다면(저 같은 경우는 그게 발코니입니다만) 맡기시는 게 정신과 신체의 건강에 큰 도움이 될 것이라 자부합니다. 제가 다양한 출판사와 협업을 해보지는 않아서 이 부분에 대해 경험적으로 많은 사례를 설명해 드리긴 어려울 것 같습니다만, 건강하고 치열하게 끝까지 의견을 주고받을 수 있는 출판사와 편집자를 만나시길 제가 진심으로 기원합니다. 자신의 의견을 잘 설명하고 끝까지 설득하려고 애쓰는 것과 우기고 밀어붙이는 것은 너무나도 다른 일이어서요. 결과물도 완전 딴판이 되거든요.

이것은 창작자 개인이 어떤 지점을 더 중요시하느냐에 따라 다르게 결정할 수 있을 것 같네요.

'내 평범한 이야기를 책으로 내도 될까?' 망설이는 분들이 있습니다. 어떤 말을 전해드리고 싶은가요?

두 가지 질문을 드리고 싶어요. 당신이 정의하는 '평범'은 무엇인지. 혹시 '일치'를 '평범'으로 오해하고 있진 않은지.

오만 명이 모여있는 자리엔 오만 명의 삶과 생각이 있습니다. 그 누구와도 완전히 포개어질 수는 없을 거예요. 그렇기 때문에 갈등과 화합이 인간사에 있는 거겠죠. 크고 작은 갈등과 애매한 화합마저 우리를 독특하게 만드는 요소입니다. 그런 것들을 마주하고 쓰는 것부터 시작일 거예요.

긴 호흡의 강연이 시작되면 현장에서 가장 먼저 드리는 즉석 과제가 있어요. 오늘 이곳에 오기 전까지 있었던 일을 써보자는 거예요. 그러면 대부분, 특히 처음 글을 쓰시는 분들의 경우 사건을 죽 나열하기 마련인데요. 그 사이를 계속 파고드는 게 제 몫이에요. 김밥을 두 줄 드셨다면, 왜 드셨는지 여쭤봐요. 순두부찌개가 너무 먹고 싶었는데 김밥 드실 시간밖에 없었다는 거예요. 왜 그랬는지 여쭤보죠. 왜 순두부찌개가 먹고 싶었는지, 왜 김밥 먹을 시간밖에 없었는지. 어렸을 때 어머니가 순두부찌개를 그렇게 잘 끓여주셨는데 가장 맛있게 먹은 날의 날씨가 꼭 오늘처럼 우중충했고, 예상보다 오늘 업무가 너무 많아서 일이 늦어지는 바람에 김밥 먹을 시간밖에 없었다고요. 그럼 거기에서 시작하는 거죠. 엄마의 순두부찌개. 그날의 기억 말이에요. 시간이 없어 김밥을 먹은 오늘까지 가져오는 거예요. 일에 치여 김밥밖에 못 먹고 있는데 옆 테이블에서 시킨 순두부찌개가 보글보글 끓는 걸 보고 떠올린 어릴 적과 엄마. 그 사이의 내가 얼마나 달라졌는지까지. 어떤 날은 김밥만 먹고 온 나를 서글프게 볼 수도 있겠지만 어떤 날은 그걸 자연스러운 성장의 일부라고 볼 수도 있겠죠. 생각보다 김밥이 맛있었을 수도 있고요. 그렇게 선택과 감상이 달라진 인생에 대한 이야기로 뻗어나갈 수도 있을 거예요.

정말 많은 걸 쓸 수 있거든요. 그리고 일상의 뒤에 숨은 사연과 시간은 단 하나도 같기가 어렵거든요. 평범해서 재미없다고 느끼는 건 내 삶과 내가 너무 가까이 붙어있어서 그럴 거예요. 좀 더 물러나서 멀리서 바라보고 질문하신다면, 내 안에 숨어있던 수많은 글들을 찾으실 수 있을 거예요.

독립출판을 처음 시작하던 당시로 돌아가서, 그때의 작가님께 전하고 싶은 말이 있을까요? 응원이나 조언 등 자유롭게 부탁드립니다.

얘야 당장 침대에서 나와서 운동을 하렴. 네가 지금 그럴 때가 아니란다. 많이 읽고 많이 쓰고 싶어지는데 몸이 따라주지 않아서 울음만 나오는 날이 언젠가 오고야 만단다⋯. 그리고 생각보다 많은 사람들이 네 글을 읽어준단다. 그러니 정신 차리고 제대로 살려무나⋯ 같은 말을 가장 먼저 하고 싶어요 하하.

좀 더 진지해지자면, 떠오르는 일과 가로막는 사람들 모두를 똑바로 마주보기를. 할 수 있는 것보다 한 걸음 더, 거침없이 용감하게 쓰기를. 삶은 상상을 뛰어넘는다는 말도, 알 수 없다는 말도, 글과 출판을 통해 배우기 시작할 거라고 이야기해주고 싶네요.

작가님께 독립서점은, 특히 '책봄'은 어떤 의미인가요?

'다음 페이지'요.

독립서점의 존재를 몰랐다면 저는 여전히 글과 책을 내 것이 아니라고 생각하며 살았을지도 모르겠어요. 그러니까, 읽고 바라보고 응원하는 일은 누구보다 열심히 했겠지만 독립서점, 동네책방이 없었다면 글쎄요. 남의 일이라고 생각하고 제 자신에게 지금보다 더 무수한 한계를 두고 있었겠죠. 책장을 넘기기 전까진 뒤에 이어질 작가의 이야기가 무엇인지, 그리고 그 안에서 솟아날 내 이야기가 무엇인지 아무도 알 수 없잖아요. 제게 독립서점은, 특히 책봄은 그런 곳입니다. 다음 장이 있다고 말해준 곳. 다음 페이지로 넘길 손을 보여준 곳입니다.

마지막 질문인데요, 아마 이 책과 인터뷰를 유심히 읽고 있는 분들이라면, 언젠가는 내 책을 만들겠다는 다짐을 한 번쯤은 하셨을 것 같습니다. 이분들을 위해 동병상련의 창작자로서 전하고 싶은 말이 있을까요?

창작이 어려우시다고요? 쉬울 리가 없겠지요…. 뭘 써야 할지 모르겠다고요? 모든 글은 하얀 화면과 깜빡이는 커서가 시작입니다…. 내 이야기를 누가 읽을지 모르겠다고요? 그건 미래의 독자님들이 알아서 결정하실 겁니다…. 책 만드는 데 돈도 품도 너무 많이 든다고요? 그것은 사실입니다만… 만든다고 다 돈이 된다고도 말씀드리기가 힘듭니다만… 사실 저 같은 경우는 손해를 봤습니다만….

　　그래도 책이 남습니다. 글이 남고요. 매일 밤 우는 심정으로 글을 쓰던 과거의 나와, 과거의 열심히 만들어 낸 책 한 권이 남습니다. 그 뒤로는 독자와 피드백이 이어지고요. 그러면, 놀랍게도, 손해고 나발이고 계속해서 쓰고 만들고 싶다는 생각이 들게 된답니다.

흩어지는 생각을 붙잡아 글로 주저앉히고 나면, 그 글을 책으로 남기고 나면, 때로는 후회도 남고 고생도 남고 어쩌면 적자가 날지도 모르겠습니다. 저는 장밋빛 미래를 기대하기보다 흙빛 안색을 걱정하는 게 더 쉬운 사람이라 이런 말을 하는 건지도 모르겠어요. 다만 확실한 것은, 그것이 꽃길이든 비포장흙길이든 나의 콘텐츠는 나만 만들 수 있다는 거예요. 그게 독립출판의 가장 선명한 매력이자 창작자를 계속 이 길에 들게 하는 지점인 것 같습니다. 어디 가지 마시고 저랑 계속 같이 써요. 만들어요. 외롭게 두고 가지 마셔요. 바짓가랑이라도 붙잡아야겠어요.

독립출판‘사’ 시작하기

독립출판‘사’ 시작하기

독립출판‘사’ 시작하기

독립출판‘사’ 시작하기

독립출판‘사’ 시작하기

내 출판사, 만들까 말까?

출판사를 차리기 위한 조건은?

출판사 주소는 어디로 하면 좋을까?

사업자 등록도 해야 할까?

배본사는 꼭 있어야 할까?

총판은 무엇일까?

찾기 힘든 업계 정보, 어떻게 해결할까?

내 출판사, 만들까 말까?

나만의 출판사, 내 이름이 대표자로 등록된 출판사를 곧바로 여는 창작자들은 저마다의 결정이 이미 내려진 상태다. 각자의 전략이 뚜렷하고, 어떤 방식으로 운영할지도 오래 고민했을 것이다.

그러나 출판사를 설립할지 말지 고민하는 경우가 있다. 이는 보통 두 가지로 나뉜다. 첫 독립출판물 제작이지만 'ISBN도 넣어서 제대로' 만들어보고 싶은 경우, No-ISBN 책을 처음으로 제작한 후 다음 책은 ISBN이 있어야 할 것 같은 경우다. 두 가지 모두 엄밀히 따지자면 굳이 출판사까지 차릴 필요는 없다.

첫 독립출판물 제작이라면 아직 제작부터 유통까지 모든 과정을 경험하지 않은 상태일 것이다. 한 마디로 출판에 관해서 아무것도 겪지 않은 상황이라는 뜻이다. 이미 여러 출판 강의를 듣고 배워서 각종 상황을 숙지했다고 해도 마찬가지다. 초보 창작자를 무시하는 말이 아니라, 전체적인 흐름을 파악하려면 실무 경험이 적어도 한 번은 있어야 한다. 만약 당신께 시간과 돈이 남고, 모든 걸 투자할 여력이 있다면 굳이 말리지 않겠다. 그런 게 아니라면 '나의 첫 독립출판물'만을 위한 출판사는 굳이 만들지 않아도 된다.

'제대로 만들겠다'라는 것이 무엇을 뜻하는 건지 스스로 점검하길 바란다. 출판사 로고와 ISBN과 도서정가제 적용 등은 제대로 만든 책의 필수 조건이 아니다. 기성 출판물의 공식을 꼭 따를 이유는 없다. 책의 본질은 내용이다. 혹시나 걱정되는 마음에 여쭤보자면 No-ISBN 도서를 나도 모르게 ISBN 도서보다 부족한 존재로 보고 있는 건 아닐까? '책'이라면 으레 뒤표지에 바코드 정도는 있어야 '제대로' 만들어졌다고 스스로 편견을 갖고 있는 건 아닐까?

물론 내 출판사를 만든다는 꿈이 허황된 건 아니다. 하지만 첫 책을 내고 나서 출판업이라는 게 도저히 본인과 맞지 않아 다시 닫는다면, 그건 출판사를 연 게 아니라 나의 첫 책에 기성 관행을 한 스푼 얹어준 추억밖에 되지 않는다. 책이 만들어진 후 어떻게 유통되고, 독자와의 관계는 어떤 식으로 만들어지며, 나는 작가로서의 정체성을 갖추고 싶은지 출판인으로서의 정체성을 갖추고 싶은지 전혀 모르는 상황에서 일단은 출판사부터 세울 거라면 굳이 그러지 말라고 말씀드리고 싶다.

첫 책을 낸 후에 출판사 설립을 고민하는 분들 역시 마찬가지다. 앞으로 출판업이 주업이든 아니든 내가 꾸준히 해나갈 하나의 직업으로 삼지 않을 거면 출판사 만들기를 딱히 추천하지 않는다. 세금이 걱정된다면 독립서점과의 거래에서 분명히 창작자 현금영수증 요청이든, 기타 다른 방법의 지출 증빙 자료를 요청받은 바가 있을 것이다. 그밖에 홈택스에 접속해서 무엇이라도 매출 관련해 신고된 기록이 있다면 큰 문제는 발생하지 않는다.

세금 이야기를 잠깐 더해보자면, 지금 내가 No-ISBN 도서로 일정 수익을 올렸는데 그 액수가 꽤 크고, 이게 '세금 폭탄'으로 돌아올 것 같아서 출판사를 만들겠다면 꼭 당부드리고 싶은 말이 있다. 절대로 출판사를 먼저 만들어서 해결을 하려고 하거나, 온라인 커뮤니티에 물어보지 말고, 세무사를 먼저 찾아가라는 것이다. 주변에 세무회계사무소가 없으면 온라인 상담이라도 받을 수 있다. 아무것도 모르는 상태에서 무작정 세무사에게 뭔가를 물어본다는 게 망설여진다는 점을 알고 있다. 그러나 전문가는 '아무것도 모르는 상태의 의뢰인' 보다 '인터넷으로 비정제된 정보를 가득 습득한 의뢰인'을 더 꺼린다. 실제로 세금 관련해서 각종 포털사이트와 온라인 커뮤니티에 질문하면 응답하는 사람마다 해결책이 다르다. 특히 No-ISBN 도서에 대한 이해가 없는 사람들이 많으니 '책은 당연히 면세품이니 세무 신고 안 해도 된다'라거나 '책은 면세품인데 그걸 출판사 없이 판매했으니 탈세다'라는 등의 말을 쉽게 뱉는 사람들이 있다. 다 틀렸다. 온라인으로 적당한 익명 뒤에 숨어서 내뱉는 조언엔 책임이 없다. 틀린 정보로 사람이 잘못되어도 책임지지 않아도 된다. 하지만 세무사는 다르다. 자기 전문성을 걸고 말하는 사람에게 유료라도 꼭 상담을 받길 바란다.

　　이 책도 지금 독자의 상황이 어떤지 정확히 모른다. 본업이 있는지, 그 본업은 공무직인지, 본업이 없다면 책 외의 수익 창출을 이루고 있는지, 현재 세금 관련해서 별다른 문제가 있는지 등을 아무것도 모른다. 그래서 만약 책을 통해 'No-ISBN 도서는 무조건 부가세 신고만 하면 끝입니다'라고 했다가 당신이 정말로 세금 문제를 겪는다 하더라도, 책의 저자인 나는 법적으로 딱히 처벌받지 않는다. 상황마다 사람마다 너무나 다른 경우가 적용되기에 꼭 세무사를 찾길 바란다. 상담료도 요즘은 저렴한 편이고, 재능판매사이트에서도 세무 상담사를 쉽게 찾을 수 있다.

다시 출판사 이야기로 돌아오면, 출판사를 설립하는 것도 어떻게 보면 세금 문제와 연결돼 있다. 책을 계속해서 낼 마음이 있고, 실제로 첫 책이 꽤 잘 돼서 앞으로 출판업을 주로 할 거라면 출판사 설립은 유리하게 작용될 수 있다. 출판사업자로 등록하면 인쇄비를 추후 매입 비용으로 신고할 수 있기 때문이다. 쉽게 말해, 출판사라는 사업체를 운영하기 위해 사용한 지출 비용이기에 이 비용을 세금 신고 시 공제 항목으로 넣을 수 있다는 뜻이다. 거래하는 인쇄소에서 세금계산서를 발행하지 않겠다고 말하지 않는 이상, 제작비를 세금 공제 항목으로 활용할 수 있어 어느 정도의 이점이 있다.

또 하나의 이점은 각종 공모에 지원할 수 있다는 점이다. 출판 사업 관련 공모는 중앙정부, 지자체, 기관 등 여러 차원의 주관 기관에서 매년 열고 있다. 우수출판콘텐츠, 지역출판사활성화지원, 문학나눔도서 및 세종우수도서 선정 등 도전해볼 수 있는 기회가 출판사 단위로 주어진다. 당연히 경쟁률이 치열하지만, 그 경쟁에 참여할 수 있는 '자격'은 작가 개인이 아닌 출판사 단위로 주어지기에 출판사가 없으면 시도할 수 없다. 만약 지역에서 창작활동을 하고 있고, 출판업을 계속할 용의가 있다면 진지하게 출판사 설립을 고려해보는 것도 좋다. 각종 출판 관련 공모에서 지역 소재 출판사에는 일정 정도의 가점을 주고 있다. 이게 당락을 크게 좌우하는지는 내부

심사위원만 정확하게 알겠지만, 공고문에서만큼은 분명하게 고지돼 있다. 발코니 출판사 역시 그 덕분인지 모르겠으나, 몇 차례의 공모에 당선된 바 있다. 지역 출판이 힘든 건 사실이다. 그래도 살아남을 수 있는 기회는 조금씩이나마 있긴 하다.

혹시 '대형 서점과의 거래'를 위해 출판사를 꼭 만들어야겠다면 다시 생각하길 바란다. 대형 서점, 즉 교보문고나 알라딘이나 예스24 등에서 내 책이 판매되려면 출판사만 있어선 안 된다. 배본사가 있어야 하거나 배본사가 없으면 총판을 끼고 있어야 한다. 배본사는 출판사의 날개다. 배본사는 책을 보관하고 관리하는 창고이자, 전국 각지 서점으로 빠르게 배송하는 물류 센터 역할을 맡는다. 도서 새벽배송, 총알배송 등이 가능한 이유도 이 배본사가 있기 때문이다.

배본사도 수십, 수백 업체가 있다. 이 배본사 중 한 곳을 선택해 계약하면 내 출판사의 책은 모두 배본사에서 관리한다. 인쇄소에서 제작한 책들이 배본사로 이동하고, 대형 서점에서 주문이 들어오면 배본사 프로그램을 통해 주문량을 입력한다. 그럼 배본사는 수량을 체크한 후 대형 서점별 중앙물류센터로 책들을 보낸다. 그렇게 도착한 책들을 대형 서점들은 각 주문처로 포장 배송하는 방식이다. 지역 중소형 서점에서 주문이 들어와도 마찬가지다. 배본사들은 웬만한 중소형 서점들과 직배송 계약을 맺고 있어서 24시간 안에 책을 배달해 준다. 이 배본사가 있어야 도서의 원활한 유통이 가능한데, 월 사용료를 지불해야 한다. 사용료는 책의 종수나 권수에 따라 다르다. 적게는 10만 원부터 많게는 수십만 원을 매월 지출해야 한다.

간혹 배본사 없이 대형 서점과 거래하는 경우도 있긴 하다. 책 주문이 들어오면 속도는 좀 늦더라도 개인 택배를 이용해 중앙물류센터로 보내는 것이다. 그런데 곰곰이 생각해보자. 책이 아주 흥행해서 베스트셀러가 되지 않는 이상, 내가 만든 책을 구매하는 사람은 하루에 몇 명 없을 가능성이 높다. 만약 오늘 교보문고에서 한 권만 주문이 들어왔다면 나는 한 권을 보내기 위해 택배 비용을 지불해야 한다. 가장 가격이 낮은 편의점 택배라도 4,000원 안팎이다. 내 책 정가가 15,000원이라면 벌써 4,000원은 날아간 셈이다. 한 권만 보내는 게 아까워서 "주문량이 다섯 권까지 모이면 발주해달라"라고 요청하는 것도 딱히 해결책은 되지 못한다. 오늘 내 책을 처음 주문한 사람은 다섯 번째 사람이 주문할 때까지 책을 받을 수 없게 된다. 그렇게 무한정으로 기다리면서까지 책을 읽을 바에는 차라리 비슷한 종류의 또 다른 책을 주문하는 게 낫다고 여길 것이다. 이러나저러나 배본사가 없으면 현재 도서 시장에 당연하다는 듯이 안착된 총알배송과 새벽배송 앞에서 무력할 수밖에 없다.

여기까지는 모두 수익의 관점에서 '내 출판사 차리기'를 판단했다. 수익과 관계없이, 내 신념이 있어서, 아무리 시간과 돈이 든다고 하지만 ISBN은 반드시 발급받아야 할 이유가 있어서라면 앞서 서술된 내용을 무시해도 괜찮다. 서두에도 썼듯이 자기만의 전략이 있으면 이미 출판사를 개업하고 나서 이 책을 읽고 있을 것이다. 하지만 여전히 고민 중이라면, 길게 늘여 쓴 이 말들을 잘 생각한 후 결정하길 바란다. 어쩌면 이미 답을 내려놓고 그 답에 대한 확신을 이 책에서 찾고 있을지도 모르겠다는 생각도 든다. 얄팍한 도움이라도 됐길 바란다.

출판사를 차리기 위한 조건은?

출판사를 열기 위한 특별한 조건은 없지만, 지금 내가 '사업자 등록'을 할 수 있는 상태인지 봐야 한다. 4대보험이 적용되는 직장이 별도로 없으면 곧바로 개업할 수 있겠지만, 겸업을 희망하는 경우에는 주의해야 한다. 너무 뻔한 이야기지만, 이 사실을 잘 모르는 창작자가 꽤 있다. 특별한 경우[1]가 아닌 이상 본업은 본업대로, 사업은 사업대로 겸업하는 게 법률상 큰 문제는 되지 않는다. 세금 신고 시 복잡한 절차가 있긴 해도, 이는 개인의 수고로움 영역이지 법을 위반하는 행위는 아니다. 그러나 법을 위반하지 않더라도 자신이 소속된 회사의 취업규칙에 겸업 금지가 명시돼 있지 않은지 살펴야 한다.

　　실제로 예전의 한 수강생께서 다니던 직장을 정리하는 중에 출판 사업자 등록을 진행했고, 이 사실이 문제가 돼서 퇴직금 수령도 어려웠던 일이 있다. 해당 회사는 어떠한 경우에라도 겸업이 금지된다고 취업규칙에 명시했는데, 이 사실을 잘

---

1. 공무원, 국회의원 등 국가가 겸업 금지 직종으로 지정한 경우 등을 말한다.

모른 채 진행했던 것이다. 사업 소득이 사실상 0원이라거나, 당장 따져봤자 수익도 적다거나 등의 해명은 통하지 않는다. 내가 소속된 조직에서 겸업을 금지하고 있다면 수익 0원의 사업자등록증도 해고의 사유가 충분히 될 수 있다. 놀랍게도 이 사실을 잘 모르는 분들이 출판 강연 때마다 있었고, 지금도 포털사이트에 '직장인 사업자등록'을 검색하면 몇 가지 조건을 내걸며 가능 여부를 많이 묻고 있다.

소속된 직장이 없다면 간편하게 출판사 개업을 할 수 있다. **출판사 개업은 '허가제'가 아닌 '신고제'다.** 이 말은 곧 요건만 갖춰 신고하면 허가를 기다릴 필요 없이 출판사를 차릴 수 있다는 뜻이다. 간편하게 신고를 마치면 '출판사신고확인증'을 받을 수 있다.

출판사 신고는 주민등록상 주소지의 구청이나 시청에서 할 수 있다. 발코니 출판사가 위치한 경남 진주시처럼 '구' 단위가 없는 곳은 시청에서, 주소가 시·구·동 단위로 나뉘는 곳은 구청에서 신고하면 된다. 그밖에 특수한 지역은 소속 행정 단위의 가장 상위 기관에 연락해 물어보면 알려준다.

신고 기관을 알아냈다면, 주민등록등본을 발급받던 1층 민원창구와 같은 곳에 가는 게 아니라 기관 내 '문화예술과'를 찾아가야 한다. 물론 지역마다, 기관마다 다를 수 있으니 미리 기관에 전화해서 물어보는 게 가장 안전하지만, 보통 문화예술과에서 출판사 신고 처리를 담당하고 있다. 이곳에 가서 출판사 신고 서류를 제출하고, 추가 보완 요청이 오면 거기에 맞게 서류를 더하면 된다.

출판사를 신고하기 전, 상호명을 잘 고려해야 한다. 출판사 상호명 결정은 개인의 취향에 따라야 하겠지만, 다른 출판사명과 겹치지 않게 미리 검색해보는 게 좋다. 소속 지자체 문화예술과에 전화해서 목록을 받는 방법도 있고, 간편하게 조회하는 방법으로는 문화체육관광부에서 제공하는 '출판사인쇄사 검색시스템'을 이용하면 된다. 시스템은 포털사이트에 검색하면 금방 접속 가능하다. 이 시스템에서 내가 출판사를 개업하고자 하는 지역을 선택하고, 내가 생각한 출판사명과 동일한 곳이 있는지 찾아본다.

출판사 신고서는 미리 작성해도 되고, 신고하러 가서 현장에서 작성해도 된다. 미리 작성하고자 하는 분들은 '출판문화산업 진흥법 시행규칙'을 검색하면 관련 법령을 볼 수 있는데 법령 맨 하단에 출판사 신고서가 첨부돼 있다. 이 신고서를 출력해서 작성해서 가면 편리하다. 희망하는 출판사명, 대표자 이름, 주소 등 개인 정보를 쓰고 서명까지 하면 작성이 끝난다.

여기까지만 하면 출판사 신고, 즉 출판사 개업이 아예 끝난다. 복잡한 조건이나 절차가 크게 없어서 많은 창작자들이 개인 출판사를 열고 있다.

출판사 주소는 어디로 하면 좋을까?

출판사 사무실로 사용할 곳을 따로 마련해둔 상태라면 그곳을
주소로 등록하면 되겠지만, 사무실이 없는 경우에도 괜찮다.
출판사는 법률상 '무점포 업종'에 해당한다. 이에 현재 살고 있는
주소(주민등록상 주소)를 그대로 사용해 출판사를 신고할 수 있다.
이때의 주소지가 본인 명의의 자가 주택이라면 주민등록등본만
추가로 준비하면 된다. 만약 자가가 아니라 월세나 전세일
경우에도 괜찮다. 주민등록등본과 임대차 계약서 등을 준비하면
무난하게 신고 가능하다. 관할 지자체마다 처리 과정이 다를
수 있으니 필요 서류를 미리 물어보는 게 좋다. 어쨌든 자가든,
월세든, 전세든 정당한 방식으로 주소가 등록돼 있다면 어디든
가능하다.

  월세나 전세, 즉 임차인의 입장에서 주소지를 출판사
신고서에 쓰는 게 법적으로는 문제가 안 되지만, 임대차 계약
관계상 문제는 될 수 있다. 이에 대한 조언은 출판사를 운영하는
사람마다 다른데, 가급적이면 임대인에게 충분한 설명을 곁들여
설득하는 걸 추천한다. 임대인의 입장에선 사업장으로 등록된다는
것 자체가 큰 리스크처럼 느껴져 추후 발견했을 시 계약 위반으로
문제를 제기할 수도 있다. 아마 실제로 출판사 신고나 사업자
등록 등을 해보면, 처리 기관 자체에서도 출판사와 인쇄소를 잘
구분하지 못하는 경우가 있다. '출판사' 하면 책을 만드는 곳이고,
책을 만드는 곳이라면 당연히 대형 인쇄기도 있다고 생각하는

것이다. 임대인도 이러한 생각 때문에 혹시나 집에 문제가 생기지 않을까 걱정할 수 있다. 출판사는 인쇄기 없이 '디자인'까지만 마치고 끝내는 사업이며, 보통의 집과 전혀 다를 것 없다고 설명을 하는 게 좋다. 다만, 이 방식에 대해 '집주인이 알게 될 가능성이 희박한데 굳이 왜 알리라고 하느냐'라고 반대의 의견을 표하는 출판사도 꽤 있다. 각자의 판단에 맡기겠지만, 이 책은 되도록 문제가 없는 방향으로 알려드릴 뿐이다.

사업자 등록도 해야 할까?

출판사신고확인증이 신고일로부터 며칠 내로 나오면, 발급 기관에서 수령해 가라는 연락이 온다. 그럼 기관에 방문해 신고확인증을 받자마자 근처 세무서를 방문하길 바란다. 신고확인증을 받은 김에 사업자 등록까지 당일에 마치는 편이 여러모로 수월하다. 출판사 신고확인증과 사업자등록증은 별개의 개념이다. 출판사신고확인증은 '앞으로 책을 만들 수 있는 자격'을 증명하고 사업자등록증은 '그 책을 팔 수 있는 자격'을 증명한다고 생각하면 된다.

　　책을 만들어서 단 한 권도 판매하지 않고, 만드는 책들도 모두 비매품이며, 책과 관련한 수익을 1원도 발생하지 않게 하겠다면 사업자등록증을 내지 않아도 된다. 하지만 출판사를 만들었으면, 그 출판사를 운영하고 유지하기 위해 책 수익을 올려야 한다. 그러니 사업자등록증을 빠른 시일 안에 발급받자.

세무서[2]에 방문해 신규 사업자 등록용 양식을 그 자리에서 채운 후, 순서에 맞게 등록 절차를 거치면 된다. 미리 알려드리자면, 출판사라는 개념에 대해 정확히 숙지하지 못하는 담당자가 있을 수 있다. 같은 출판업이더라도 등록 처리 담당자에 따라 서비스 업종의 출판업이 될 수도 있고, 정보통신 업종의 출판업이 될 수도 있다. 둘 중 어느 것으로 하더라도 출판사를 운영하는 데는 문제가 되지 않지만, 가장 큰 문제는 앞서 언급한 것처럼 출판업 자체를 이해하지 못하는 담당자를 만나는 경우다.

실제로 발코니 출판사가 부산에서 경남 진주로 출판사 주소지를 이전했을 때 일이다. 출판사신고확인증 내 주소 변경 신청을 시청에서 잘 마친 후, 세무서를 방문했을 때 나이가 꽤 있는 남성 담당자를 만났다. 담당자는 출판사신고확인증과 기타 주민등록등본 등의 서류를 보더니 "이 주소는 일반 주거 시설 주소라서 사업자 등록이 안 되는데요?"라고 말했다. 황당했지만, 차분히 설명했다. 부산에서도 일반 주거 시설 주소를 사용했고, 출판업은 법률상 무점포 업종에 해당해서 주민등록상 주소지를 사업장 주소지로 활용할 수 있다고 전했다. 이때 담당자의 말이 기가 막혔다. "아니 어떻게 가정집에서 그 큰 인쇄기를 들여서 책을 몇 천 권씩 찍어낸단 말입니까? 눈속임은 안 됩니다."

---

2. 유료로 회계 업무를 대행하는 세무회계사무소가 아니라 ○○시 세무서, ○○구 세무서 등 공공 기관을 말한다.

정확히 저렇게 말했다. 믿지 못하겠다는 담당자에게 출판업이 무엇인지 설명하고, 디자인까지 한 후에 인쇄소로 넘기기에 집 내부에는 인쇄기가 필요 없다고 말했다. 그러더니 이번엔 "아 그러면 이건 출판업이 아니라 디자인업이지요!"라고 했다. 정말 편견 없이 살고 싶지만, 중장년 남성과 업무 관련 이야기를 하면서 이런 답답한 순간은 꼭 찾아온다. 몇 차례의 설명을 거듭하고, 관련 조례나 조항을 찾아나 보고 말해달라고 나 역시 목소리를 높이자 그제야 알아보겠다며 기다리고 했다. 본인이 틀렸다는 걸 확인한 담당자는 사과 한마디 없이 주소가 수정된 사업자 등록증을 내줬다.

한국의 공적 시스템이 공무원 1인에게 너무 과중한 업무를 부여하고 있다는 걸 이해한다. 그래서 이런 일이 더 자주 발생한다고 생각한다. 발코니 출판사뿐만 아니라, 간혹 몇몇 신규 출판사들이 행정 처리 과정에서 난관을 겪는다. 서울이나 부산처럼 특별시 및 광역시 단위에선 적을지 몰라도, 경남 진주시 정도의 도시에서는 종종 일어나는 일이다. 여러분도 혹시나 작은 지역에서 출판사를 준비하고 있다면, 공무 담당자가 다 알아서 해줄 거라는 믿음은 조금 접어두는 게 좋다. '지역'에서 '출판'을 하는 사람이 적을수록 공무 담당자들도 잘 몰라서 오해하는 경우가 꼭 한 번은 찾아온다. 미리 자료나 법률 정보를 잘 찾아두고 그걸 근거로 물어보는 편이 좋다.

배본사는 꼭 있어야 할까?

앞서 '출판사를 차릴지 말지'와 관련한 내용에서 잠깐 언급한
것처럼, 대형 서점과 거래하려면 배본사가 있는 것이 유리하다.
또한, 대형 서점뿐만 아니라 대부분의 배본사는 전국 각지의
중소형 서점과 물류 계약을 촘촘하게 맺고 있어 편리하게 납품할
수 있다. 이때 말하는 중소형 서점은 '독립서점'처럼 아주 특화된
서점이 아니라 학습지나 참고서도 함께 파는 종합서점을 말한다.
아마 초등학교나 중고등학교, 혹은 대학교 근처에서 OO서적,
OO문고 등의 이름으로 여러 종류의 책을 취급하는 서점을 봤을
것이다. 이러한 서점으로도 내 출판사의 책을 납품할 수 있다.

　　　지역의 종합서점 납품은 인근 공공도서관과의 연계 때문에
중요하다. 공공도서관에서 내 출판사의 책이 필요할 때 가장 먼저
도서관 근처의 종합서점에 연락한다. 그럼 서점에서는 출판사에
직접 연락하거나, 총판(총판과 관련한 내용은 다음 섹션에서 자세히
다뤘다)을 통해 책을 주문한다. 출판사에 직접 연락할 경우, 서점과
명세서를 주고받은 후 책을 보내줘야 할 텐데, 이때 만약 한 권만
주문이 들어왔을 땐 난처하다. 정가 15,000원이라면 납품 단가가
1만 원 내외. 여기에 택배비와 포장비용까지 공제하면 실수익이
얼마 안 남는다. 그러나 배본사를 통한다면 비용을 대폭 절감할
수 있다. 배본사에서 제공하는 시스템을 통해 주문 요청한 서점을
클릭하고, 주문서만 온라인으로 작성하면 알아서 저렴한 가격(보통
권당 200원 미만이다)에 보내준다.

재고 관리 면에서도 배본사가 있어야 원활한 출판 사업이 가능하다. 많아야 1년에 1종 제작하는 출판사가 아니라, 적어도 2종이나 3종쯤 제작할 거라면 쌓이는 재고가 어마어마하다. 1쇄에 500부만 잡아도 1년이면 1,500권을 관리하고 유통해야 한다. 사무실을 가지고 있다면 괜찮겠지만, '내 방'이 사무실일 경우 1,500권을 관리하는 건 불가능에 가깝다. 판매용 책을 관리하는 건 예상보다 더 까다롭다. 직사광선을 오래 맞으면 CMYK 중 M에 해당하는 잉크가 변색되고, 장마철 과습 상태를 방치하면 책의 외형이 뒤틀릴 수 있다. 그밖에 곰팡이, 책벌레 등 조심해야 할 것들이 꽤 많은데 이걸 1,500권 분량으로 신경 쓰려면 다른 업무가 막힌다. 배본사라고 해서 모든 책을 한 권씩 꺼내서 매일 케어하는 것은 아니지만 적어도 책이 상하지 않도록 일정 환경을 유지하는 데 힘쓴다. 열심히 만든 책들이 순식간에 판매 불가의 폐지 덩어리로 전락하는 상황은 막아줄 수 있다.

물론 이러한 서비스를 이용하려면 매달 일정 비용의 사용료를 내야 한다. 시기마다, 배본 업체마다, 출간 종수에 따라 다르겠지만, 1인이 운영하는 출판사라면 대체적으로 월 10만 원부터 40만 원까지의 비용을 지출한다. 1년으로 치면 최소 120만 원, 최대 480만 원까지 지출이 발생하는 셈이다. 절대로 적은 돈은 아니다. 책을 만들고 활발하게 판매해서 이 비용이 감당 가능한지 냉정하게 생각해봐야 한다.

지금 당장 책을 만들어서 독립서점이나 소규모 커뮤니티에 판매하고 있거나, 아직 책을 만들지 않은 상황이라면 덜컥 배본사부터 계약하지 않길 바란다. 배본사가 없으면 대형 서점 거래나 지역 중소형서점 거래를 어느 정도 포기해야 하는 건 사실이다. 그러나 유통망 하나만 바라보고 배본사 계약부터 맺는 건 불필요한 지출을 자초하는 것일 수 있다. 적어도 2종쯤은 직접 유통해보고, 내가 만든 책들이 생각보다 넓은 범위에서 수요가 발생할 때, 그때 배본사를 계약해도 충분하다. **지금 내가 몇 종의 책을 만들었는지, 혹은 앞으로 얼마나 만들 예정인지, 내 책의 판로는 어느 정도의 규모에서 다룰 것인지 꼼꼼히 따져본 뒤에 배본사를 선택해도 늦지 않다.**

실제로 한 소규모 출판사 대표님의 경우, 독립출판물로 만든 책이 지역 독립서점 몇 곳에서 꽤 많은 사랑을 받아 대형 서점 판매팀 연락을 받기도 했다. 독립서점 외 대형 서점 납품도 희망한다는 요청을 받고 나서야 배본사를 계약해 전국 단위의 판매를 시작했다. 좋은 책은 반드시 누군가가 먼저 찾아 나선다. 내 책이 제대로 드러나지 않아서 사그라들까 봐 걱정되는 마음은 충분히 이해하지만, 단기간이 아닌 오래오래 출판을 이어가려면 조금 긴 호흡으로 갈 필요는 있다.

총판은 무엇일까?

'도서 총판사'라고도 하는데 대개 '총판'으로 간단히 부르고 있다. 이 총판은 출판사, 배본사와는 다른 또 다른 형태의 업체다. 거칠게 요약해서 비유하자면 도서 도매상이다. 출판사들의 책을 구입해서 다시 판매하는 중간 거래업체다. 책 한 권당 정가의 20%(총판 업체마다 다르지만 통상적으로) 정도의 이윤을 남기는 대신, 거래 서점을 대폭 확대해 이익을 최대화하는 방식으로 운영하는 업체다. 독립서점을 비롯한 중소형서점들은 각 총판이 운영하는 프로그램을 통해 입고 희망하는 책을 정가보다 저렴하게 구입한 후, 그 책들을 다시 판매해 이윤을 남긴다.

　　총판 역시 배본사가 계약된 상태여야 긴밀한 거래가 가능하다. 대형 총판부터 중소규모 총판까지 다양한 업체가 있다. 업체별 규모에 따라 장단점이 있다. 대형 총판은 당연히 유통망이 전국 곳곳 안 닿는 곳이 없을 정도로 광범위하다. 이에 신간이 나왔을 때 총판에 알리면 유통망을 통해 신간을 '살포'하는 수준으로 서점에 입고시킬 수 있다. 물론 이게 단점으로 작용할 때도 있다. '입고'는 했지만 그게 판매로 이어지지 않으면 모조리 반품으로 잡히는 것이다. 이와 달리 중소규모 총판은 유통망이 조금 좁더라도 내 출판사의 책들을 조금 더 전략적으로 분석하고 입고시킨다. 현재 내가 운영할 출판사, 그리고 출판사에서 출간될 책들의 특성을 고려해 총판을 선택해 계약하면 된다.

　　명심해야 할 것은, 대형 총판이라고 해서 내 책이 잘 팔리게 해줄 것이라는 기대는 금물이다. 내 책이 좀 더 많은 사람 눈에 밟히게는 할 수 있겠지만, 그 책이 팔릴 거라는 보장이 없다. 책을 냈다는 사실을 전국 곳곳에 알리는 게 우선인 사람이 있고, 책이 반드시 팔려야 하는 게 우선인 사람도 있다. 그러니 현재 내가 원하는 방향이 무엇인지부터 잘 고려하고 총판 업체를 선택하자.

찾기 힘든 업계 정보, 어떻게 해야 할까?

여기까지 읽어봐도 속 시원히 해결되지 않은 업계 정보가 있을 것이다. 업체마다, 출판사마다 지역이 다르고 환경이 다르기에 일괄적으로 '이것이 정답입니다'라고 말할 수 있는 부분은 사실상 얼마 없다. 하지만 분명하게 말할 수 있는 게 하나 있다. 조금 야속하게 들릴지 모르겠지만, <u>궁금한 사안이 생기면 해당 기관에 직접 전화나 이메일로 문의하는 습관을 들이라는 점이다.</u>

"당연한 거 아니야?"라고 되물을 수도 있다. 하지만 실제로 출판 관련 커뮤니티나 소셜미디어, 포털사이트 등을 살펴보면 당장 전화 한 통이나 이메일 한 통으로 해결할 수 있는 것들인데도 게시판에 올려서 댓글을 기다리는 경우가 꽤 있다. 거의 이런 식의 질문이다.

교보문고 OO점은 광고 매대 비용이 얼마인가요?
예스24랑 거래하려면 무조건 배본사가 있어야 하나요?

ISBN을 수정해야 할 것 같은데 가능할까요?

북센 총판이랑 계약하는 데 얼마나 걸리나요?

이런 제본도 인쇄소에서 가능할까요?

밀리의서재랑 전자책 계약하면 정산을 어떻게 받나요?

OO출판사에서 나온 이 책, 무슨 종이를 쓴 건가요?

이 질문에 대한 답은 교보문고, 예스24, 한국서지표준센터, 북센, 인쇄소, 밀리의서재, OO출판사에 직접 문의하면 바로 알아볼 수 있다. 직접 문의해서 알 수 없다면 그건 해당 업체만의 대외비인데, 그걸 다른 사람들이 공개적인 장소에서 알려줄 가능성도 없다. 물론 알고 있다. 업체에 직접 문의한다는 게 부담스럽기도 하고 떨리기도 하고 무서울 것이다. 이해를 못 하는 건 아니지만, 다른 사람의 선의에 기대기만 한다면 해결되는 건 거의 없다. 당장 내게 필요한 정보가 있다면 꼭 해당 기관에 문의하는 습관을 들여야 한다.

나도 처음엔 이런 식으로 다른 사람의 답변만 기다리는 시간을 많이 보냈다. 댓글이 달릴 때도 있고 안 달릴 때도 있었다. 댓글이 없으면 또 다른 포털사이트, 유튜브, 소셜미디어를 계속 허우적거리며 검색했다. 그렇게 하루가 일주일이 되고 일주일이 한 달이 되어 기껏 기획했던 책을 접어두는 경험까지 겪었다. 내향적인 데다가 일종의 '콜 포비아'도 있어서 온라인에 기댄 날이 많았다. 만약 그 당시에 지금처럼 얼른 해당 기관에 전화를 걸든 이메일을 보냈든 했다면 적어도 몇 종의 책은 더 나왔을지도 모른다. 한 번 시도하는 게 어렵지, 그다음, 또 그다음은 수월해진다. 온라인에 떠도는 정보는 정확하지 않을 때가 많다. 불확실성에 기대를 걸지 말고 확실한 방향으로 조금만 나아가보자.

독립출판물 제작하기

독립출판물 제작하기
독립출판물 제작하기
독립출판물 제작하기
독립출판물 제작하기

인쇄소 선정 방법과 기준은 무엇일까?

인쇄소 견적 문의 시, 무얼 전달해야 할까?

용지, 제본, 인쇄, 코팅에는 어떤 종류가 있을까?

디자인 파일을 인쇄소에 어떻게 전달하는 걸까?

감리는 꼭 봐야 할까?

완성된 책들은 어떻게 보관해야 할까?

발행일, 쇄 번호는 어떻게 기록하면 될까?

내 책의 정가는 얼마로 해야 할까?

인쇄소 선정 방법과 기준은 무엇일까?

독립출판물 제작에 있어 인쇄소 선정은 가장 까다로운 부분이다. 원고 집필이나 디자인 등은 혼자와의 싸움으로 끝낼 수 있다. 마음에 안 드는 부분이 있으면 언제든 재수정할 수 있고, 이것저것 다양한 시도도 가능하다. 소모되는 건 오로지 내 체력과 정신력, 그리고 이에 따른 시간일 뿐 타인과 협업하지 않을 수도 있다.

하지만 인쇄와 제본 등 본격적인 제작으로 들어가면 타인과의 조율이 필수다. 아마 인쇄와 제본까지 직접 할 수 있는 창작자는 많이 없을 것이다. 그렇다면 나에게 꼭 맞는 인쇄소를 찾아야 할 텐데, 찾아내기까지의 과정이 험난하다. 첫 책은 A 업체에서, 두 번째 책은 B 업체에서, 그러다 세 번째 책은 다시 A 업체로 돌아가는 등 혼란스러워하는 분들이 생각보다 많다. 발코니 출판사는 출판사 첫 책부터 지금 이『Good Afterbook』까지 한 업체에 일괄 맡기고 있는데, 이 업체를 찾게 된 이유와 과정을 바탕으로 설명해 드리면 좋지 않을까 한다. 참고로 업체명이 궁금하다면, 책 맨 뒷장의 판권지에 제작처가 명시돼 있다.

출판사 설립 전에 만든 독립출판물은 손바닥만 한 책이었다. 출판업 경력이 없으니 아는 게 아무것도 없었고, 주변에 가까운 사람 중 독립출판을 해본 사람이 없어서 지인 추천도 받기 힘들었다. 그래서 무작정 포털사이트에 '책 제작 인쇄'를 검색했다.

한 업체가 떴고, 그 업체에 책 크기부터 여러 가지 정보[1]를
전달했다. 견적가를 받았는데 예상보다 나쁘지 않은 금액 같아서
덜컥 입금했다. 책은 괜찮게 뽑혔으나 추후 알게 된 사실은,
평균적인 가격보다 30% 더 비싸게 제작했다는 것이었다. 이미
내가 선택한 결과였으니 할 수 없었다.

　　　그 후 발코니를 개업하고 인쇄소 선정에 신중을 기울이기로
했다. 다시 포털사이트에 '책 제작 인쇄'를 검색했고, 괜찮아
보이는 업체 몇 곳을 골랐다. 업체마다 견적가를 요청했다.
처음 제작할 땐, 견적가를 문의하는 것 자체가 '웬만하면 여기서
제작할게요'를 뜻한다고 생각했다. 그래야 예의를 지키는 건 줄
알았다. 분명하게 말하지만, 절대로 아니다. 견적가는 말 그대로
견적만 받아보는 것이다. 가격표가 붙지 않은 상품을 두고 "이건
얼마인가요?"라고 묻는, 아주 당연한 과정이다. 그러니 힘이 닿는
데까지 최대한 많은 업체에서 견적을 내어보는 게 중요하다.

　　　총 10곳의 견적가를 받아본 뒤엔 '숨고' 플랫폼에 다시
문의했다.[2] 서비스 화면에서 '출력/제본' 섹션을 클릭하고
내가 제작하고자 하는 책 정보를 입력했다. 추가 요청 사항에
'독립출판사를 이제 막 개업해서 아는 정보가 많이 없습니다.
좋은 업체와 장기적으로 협력하고 싶으며, 아는 게 많이 없는

---

1. 인쇄소 문의 시 필요한 정보는 97페이지에 설명돼 있다.

2. 『Good Afterbook』 초판 집필일을 기준, 숨고 플랫폼은 원하는 제작 스펙을 입
　력하면 각 분야 전문가가 연락해오는 매칭 시스템을 갖추고 있다.

만큼 친절히 설명해주시는 업체를 찾습니다'라고 입력했다. 6곳의 업체가 견적가와 함께 몇 가지 전달 사항을 알려왔고, 최종적으로 지금 오래도록 거래 중인 인쇄소를 선택했다.

당시 인쇄소를 선택한 나만의 기준은 세 가지였다. **첫째, 견적가가 '평균가'일 것. 둘째, 활자로 소통이 가능할 것. 셋째, 무조건 안 된다는 말이 아닌, 이유를 설명하는 곳일 것.**

독립출판물을 제작할 때 견적가가 너무 비싼 것도 문제지만, 반대로 너무 저렴할 때도 한 번쯤은 의심해봐야 한다. 인쇄소는 언제나 인력난과 지류비 상승에 시달리고 있다. 그런 상황에서도 타 업체보다 너무 저렴하다면 내가 요청한 것과 다르게 얼렁뚱땅 제작할 위험이 크다. 그래서 인쇄소를 찾을 때 전체적인 평균가에서 벗어나지 않는 업체로 1차 선별했다.

활자로 소통하는 게 중요한 이유가 있다. 개인적인 의견일지 모르지만, 이메일이나 카카오톡 등 활자로 요청 사항을 주고받는 게 원활한 업체일수록 모든 일을 '정확하게' 수행한다. 전화로 말하는 것과 활자로 말하는 것에는 큰 차이가 있다. 내 요청사항에 대해 활자로 의견을 전달할 수 있는 곳이라면 대충 넘어가지 않고 꼼꼼하게 업무를 처리해준다. 활자 소통이 중요한 또 하나의 이유는, 기록이 남는다는 점이다. 전화로 요청했다가 책이 잘못 제작됐을 때, 녹음본이 없으면 증거가 남지 않고, 설령 녹음을 했다 하더라도 당시에 발음을 제대로 안 해서 잘못 전달된 거라고 주장할 위험도 있다. 하지만 활자로 의견을 주고받으면 정확하게 기록되기에 책임 소재를 두고 드잡이할 일이 적다. 이에

독립출판물 제작하기

1차 선별 업체 중 "일단 전화를 주세요"라고 말하는 곳은 무조건
다 걸렀다.

마지막이 가장 중요하다. '무조건 안 된다'라고만 말하는
업체는 애초에 오래 거래할 마음이 없는 곳이다. 책은 글과
디자인에 따라 그 형태가 천차만별이다. 따라서 인쇄를 요청하는
사람마다 각자가 추구하는 바도 다양할 수밖에 없는데, 때로는
요청 사항이 현실적으로 불가할 때도 있다. 이때 인쇄 전문가로서
'어떤 이유에서 불가능한지' 설명하는 것이 아니라, 잘 모르는
사람을 무시하는 태도로 '무조건 안 된다' 식 윽박지르는 곳이 가끔
있다. 아무리 최고급 시설을 갖춘 곳이라 하더라도, 설명 없이
안 된다고 퇴짜부터 놓는 업체는 망설임 없이 선택지에서 빼길
바란다.

위 세 가지 기준 외에도 업체의 업력, 인쇄소 기장님의 실력
등 여러 가지 요소를 바탕으로 평가해야 할 것이다. 하지만 처음
책을 만드는 입장에서는 모든 걸 제대로 살펴볼 여력이 없다. 이에
앞서 언급 한 세 가지 기준만이라도 잘 따져본다면, 인쇄에 실패할
위험은 크게 줄어들 것이다.

인쇄소 견적 문의 시, 무얼 전달해야 할까?

인쇄소에 견적을 문의할 때는 아래에 나열된 것들이 반드시
포함돼야 한다.

· 판형

책의 가로, 세로 길이를 mm 단위로 정확히 기록한다.

· 부수

몇 부를 제작할지 기입해야 한다. 만약 500부로 할지
1,000부로 할지 결정하지 못한 상황이라면 두 가지 견적
모두 요청해도 좋다.

· 표지 용지, 인쇄 방식, 코팅 여부

표지에 사용할 종이를 무엇으로 할 것인지, 그 종이의
평량(g/㎡)은 얼마로 할 것인지를 알린다. [3] 인쇄 방식은
4도컬러(혹은 2도컬러)인지, 1도흑백인지 결정한 후
단면인쇄인지 양면인쇄인지도 함께 알린다. 참고로
대부분의 단행본은 표지를 '4도컬러 단면인쇄'로
제작한다. 표지는 웬만해선 반드시 코팅하는 게 좋다.
코팅을 하지 않으면 제본 과정에서 종이가 터질 수 있고,

---

3. 표지 및 내지에 자주 사용하는 용지와 평량 설명은 100페이지에 있다.

터지지 않더라도 실제 유통 시 책에 오염물질이 쉽게
묻는다. 유광 라미네이팅, 무광 라미네이팅, UV 코팅
중 하나를 선택한다. 책 앞뒤에 날개가 있다면 날개의
가로길이가 얼마인지도 알린다.

· 내지 용지 인쇄 방식

내지도 표지와 마찬가지로 종이 종류와 평량을 선택해야
한다. 인쇄 방식 역시 표지와 같이 컬러와 흑백으로
나뉘는데, 내지는 대부분 '양면인쇄' 방식으로 제작된다.
내지는 특별한 경우가 아니면 코팅을 하지 않는 편이다.

· 쪽수

내 책의 쪽수를 정확히 쓴다. 이때 쪽수란, '쪽번호'가
기입된 페이지의 수만 쓰는 게 아니라 빈 페이지든
콘텐츠가 있는 페이지든 한 권의 책에 들어가는 모든
페이지가 몇 쪽인지 써야 한다. 이때 쪽수는 책의 판형에
따라 인쇄소에서 조절을 요청할 수도 있다. 인쇄소에서
알려주는 페이지 수에 맞추면 사용되는 종이의 양이
줄어들고, 제작 단가도 소폭 낮출 수 있으니 최대한
협조하는 게 좋다.

· 제본 방식

무선제본인지, 양장제본이나 사철제본인지 선택해야

한다. 무선제본이 평소에 자주 접하는 단행본 제본
방식이다.

여기에 면지나 후가공이 추가되면 별도로 더 기입해서
인쇄소에 전달한다. 이 정도의 기본 정보가 있어야 인쇄소에서도
견적가를 정확하게 내어줄 수 있다. 기본 정보 없이 무작정
문의해도 안내해주는 곳이 있긴 하지만, 미리 이렇게 준비하면
"그럼 쪽수는요?", "표지는 무슨 용지로 하실 건가요?",
"컬러인가요?", "제본은 어떻게 하시나요?" 등 스무고개를 하지
않아도 된다.

용지, 제본, 인쇄, 코팅에는 어떤 종류가 있을까?

인쇄와 제본을 본격적으로 설명하기 전에 종이에 대해 먼저
이해할 필요가 있다.

앞서 인쇄소에 전달하는 정보 중 평량(g/㎡)이 있었다.
평량은 단위 기호에서도 알 수 있듯이 1제곱미터당 무게를
뜻한다. 똑같은 면적의 종이가 있더라도 종류와 두께에 따라
평량은 달라지는 것이다. 당연히 두꺼울수록 평량값도 늘어날 것
같지만, 꼭 비례하지는 않는다. 어떤 종이는 두께가 두꺼운 반면
무게는 가벼울 수 있고, 또 어떤 종이는 압축이 잘 되어서 얇은
두께에 비해 무거울 수 있는 것이다. 그러니 마냥 평량값이 높다고

해서 두꺼운 종이일 거라고 생각하면 안 되고, 내가 원하는 두께의 종이와 그 종이의 평량값은 어떻게 되는지 살펴봐야 한다. 요즘은 '종이 샘플북'이라는 것을 여러 업체에서 만들어 팔고 있으니 한 번 사서 살펴보는 것도 좋다.

　　평량을 어느 정도 이해했다면 이제 종이의 종류에 대해 알아보자. 종이의 종류는 수백 가지에 달한다. 그중 책 제작에 가장 흔하게 쓰이는 것들, 대부분의 인쇄소에서 취급하고 있는 것들로 골랐다.

· 모조지

모조지는 일반 단행본에 가장 많이 쓰이는 종이다. 아마 지금껏 읽었던 시, 소설, 에세이 책 과반이 내지를 모조지로 사용했을 것이다. 똑같은 종이 종류 안에서도 평량은 여러 값으로 나뉜다. 모조지는 자주 사용되는 종이인 만큼 조금 더 세분화된 단위로 구분돼 있다. $80g/㎡$, $100g/㎡$, $120g/㎡$, $150g/㎡$ 이상으로 다양하며, 일반적인 책에는 $100g/㎡$이 가장 많이 쓰인다. 색깔도 백색과 미색 두 가지가 있는데, 내지에 컬러가 많이 들어가는 책이 아니면 미색 모조지를 쓴다. 백색은 깔끔하긴 하지만 눈이 쉽게 피로해진다.

· 뉴플러스

뉴플러스도 모조지만큼 많이 쓰이는데, 모조지와의
차이점은 미세한 광택이 있다는 점이다. 광택이 있다는
건 약간의 코팅이 입혀진 느낌이 든다는 뜻인데, 이는
사람마다 느끼는 정도에 차이가 있다. 종이를 여러 종류
다뤄보지 않았다면 모조지와 뉴플러스지를 놓고 봤을
때 구분이 어렵기도 하다. 만약 내가 만들 책 내지에
그림이나 사진, 도표 등 컬러 이미지가 많다면 뉴플러스를
선택하는 게 좋다.

· 아트지, 스노우지

아트지와 스노우지는 표지에 가장 흔하게 사용되는
종이다. 둘을 묶은 이유는 매우 흡사한 종이이기도
하고, 인쇄소에서 견적을 낼 때도 두 종이는 견적가가
동일하기 때문이다. 내지에 쓰일 때도 있는데, 뉴플러스와
마찬가지로 색상 구현력이 뛰어나기 때문에 주로
사진집이나 일러스트집 제작 시 내지 용지로 사용한다.
아트지나 스노우지 250g/㎡을 표지로 사용하면 나쁘지
않은 만듦새의 책을 만들 수 있다. 발코니 출판사는
아트지나 스노우지를 표지에 사용할 때 기본 300g/㎡부터
사용하고 있다.

· 랑데뷰

랑데뷰도 표지에 많이 사용되는 종이다. 일종의 고급
용지로 분류되고 있다. 표면이 미세하게 거친 편인데, 이
특성 덕분에 표지에 사용하면 촉감 좋은 책을 만들 수
있다. 내구성이 좋아서 쉽게 찢어지거나, 제본 시 터질
위험이 적다. 고급 용지인 만큼 색상 구현은 앞서 나열한
종이들보다 상당히 뛰어나다. 단, 무광이든 유광이든
코팅할 때 주의해야 한다. 표면이 매끈하지 않기 때문에
코팅 실력이 떨어지는 인쇄소에서 제작하면 표지에 아주
작은 기포가 보일 때도 있다. 참고로『Good Afterbook』
표지도 이 랑데뷰 용지를 사용했다.

이외에도 몽블랑, 마카롱, 아르떼, 레자크 등 정말 많은
종류의 종이가 있고, 친환경 펄프로 만든 종이도 있다. 만약 내가
어떤 종이를 사용해야 할지 모르겠다면 종이 샘플북을 구입해서
여러 가지 직접 만져보는 게 좋다. 이런저런 종류를 따지지 않고
'그냥 일반적인 책'을 만들고 싶다면 표지는 아트지나 스노우지
250g/㎡ 이상을 쓰고, 내지는 미색 모조지 100g/㎡을 쓰자.
종이를 골랐다면 제본 방식을 선택해야 한다. 무선 제본,
중철 제본, PUR 제본, 양장(하드커버) 제본 등으로 나눌 수 있으며
무선 제본 안에서도 두 가지 방식으로 나뉜다.

· 무선 제본

무선 제본은 '진짜 무선 제본'과 '떡제본'으로 나누어
구분해야 한다. 여기서 '진짜'라는 수식어는 정식
용어는 아니며, 떡제본과 구분하기 위해 임시로
붙였다. 원칙적으로는 무선 제본과 떡제본은 구분돼야
마땅하지만, 요즘은 떡제본도 무선 제본이라 명시하는
제작처가 꽤 많아서 정확한 차이를 알려드리기 위해 두
항목을 묶어서 설명하고자 한다.

떡제본은 '낱장 제본'이라 부르기도 한다. 내가
만들 책의 크기에 맞게 종이를 한 장, 한 장 잘라서 모두
모은 다음 한쪽 면에 풀칠하고 표지를 덧붙인 방식이다.
저렴한 가격이라서 포럼용 책자나 학회 보고서처럼
행사용으로 쓰고 폐기되는 책들을 만들 때 주로 적용하는
방식이다. 이 말은, 오래 보관할 용도의 책을 만들 때는
선택하지 않는 게 좋다는 뜻이다.

한 장, 한 장 낱장으로 붙이다 보니 시간이 지나면
내지가 책에서 떨어질 위험이 있다. 아마 그런 책 한두
권쯤 책장에 있을 것이다. 분명 구입할 땐 괜찮았는데
2~3년 지나서 다시 펼쳐보니 갑자기 내지 몇 장이
떨어지는 책. 그 책은 떡제본으로 제작했을 가능성이
크다.

떡제본이 아닌, 무선 제본은 이와 다르다. 전문
용어를 모두 빼고 간단하게 설명해 드리자면, 아주 커다란

103

종이에 수십 페이지를 한 번에 인쇄한다. 이후 책 크기에
맞게 접고 접어서 한 뭉텅이로 만든다. 이어 책등이 될
면을 톱으로 긁거나 칼집을 넣어 그 자리에 접착제를
바르고 접합한다. 마지막으로 책 크기에 맞게 테두리를
재단한다. 이렇게 만들면 책 속 각 페이지들이 서로
붙들고 있는 형태가 된다. 떡제본보다 훨씬 튼튼하다.

만약 제작처에 무선 제본을 주문했는데 주변에서
알아본 것보다 가격이 훨씬 더 저렴하다 싶으면, 혹시
떡제본으로 작업하는 건지 꼭 한 번 여쭤보시는 걸
추천한다.

· 중철 제본

중철 제본은 책의 정중앙에 철심을 박아 제작하는
방식이다. 가벼운 팸플릿이나 관광지 가이드북, 혹은
브로슈어에 많이 쓰이고 있다. 아마 많이 봤을 것이다.
종이를 접어서 스테이플러로 중앙을 콕 집어놓은 책들.
그게 중철 제본이다.

중철 제본은 두껍지 않은 책들에 많이 쓰이는
방식이다. 무선 제본보다 가격이 저렴하기도 하고, 가벼운
느낌으로 책을 만들 수 있어서 단편 만화책에도 종종
쓰인다. 중철 제본은 대개 50페이지 이하의 책에만 적용할
수 있다. 너무 두꺼우면 철심이 제대로 종이를 잡아 줄 수
없기 때문에 제본이 불가능하다.

· PUR 제본

사진집이나 요리책을 준비하고 있다면 PUR 제본도
고려해볼 수 있다. PUR은 'Poly Urethane Reactive'의
약자다. 뜻 그대로 풀이해보자면 폴리우레탄을 접착제로
사용한 것이다. 폴리우레탄은 일반 접착제보다 얇게
발라도 책을 단단히 고정하는 힘이 있다.

'접착제를 얇게 바르는 게 사진집, 요리책이랑 무슨
상관이지?'라고 궁금할 수도 있겠다. 접착제가 얇다는
건 그만큼 책의 펼침성이 좋다는 것과 같다. 책 내지를
붙잡고 있는 접착 부위가 얇으니까 책을 활짝(180° 가까이)
펼칠 수 있는 셈이다. PUR 제본으로 제작하면 책의 어느
부분을 펼쳐도 180°로 열린다.

180°로 책이 펼쳐진다면, 책의 중앙으로 말려
들어가서 잘 안 보이는 부분도 없고, 책 가로 길이를 조금
길게 해서 만들면 테이블 위에 혼자 덩그러니 두어도
알아서 펼쳐진 채로 머문다. 그러니 사진집과 요리책에
많이 쓰이고 있는 것이다.

이렇게 좋은 PUR 제본의 유일한 단점은 역시나
가격이다. 일반적인 무선 제본보다 확실히 비쌀 수밖에
없고, 소량 제작도 불가하다.

· 양장 제본

양장 제본은 가장 견고하며 가장 고급스럽고 가장
오래가는 제본 방식이다. 그만큼 제작 단가 역시 월등히
높다. 종이에 실을 꿰어 책등을 만들고 단단한 커버를
붙이는 방식이다. 두껍거나 장기간 보관해야 하는 책에
많이 쓰이는 방법이다.

참고로 양장 제본은 제작 기간이 꽤 길다.
제작처마다 다르겠지만, 통상적으로 무선 제본에 비해
2~3배 정도의 기간이 필요하다. 만약 양장 제본 책을
제작하기로 했다면 기존 계획보다 출간일을 더 늦추거나,
제작 시기를 앞당겨야 한다.

인쇄 방식은 두 가지로 요약할 수 있다. 인디고 인쇄와 옵셋
인쇄다. 주로 이 두 가지 범주에서 많이 선택하고 있으며, 각 인쇄
방식에 따른 차이점은 아래와 같다.

· 인디고 인쇄

'인디고'는 HP 사에서 만든 대형 잉크 방식 출력기
이름이다. 이 출력기에서 인쇄하는 출력물을 인디고
인쇄라고 부른다. 마치 스테이플러의 대명사가
'호치키스'가 된 것처럼 하나의 카테고리가 된 셈이다.
인디고 인쇄와 함께 '디지털 인쇄' 혹은 '마스터 인쇄'라는
인쇄 방식도 있지만, 요즘은 많이 쓰지 않는다. 인쇄물

퀄리티가 떨어지기 때문에 선호하지 않는 추세다.

　　인디고 인쇄는 소량 인쇄물 제작 때 유용하다.
여기서 '소량'의 기준은 1부부터 200부 정도까지. 당연히
이 기준 역시 인쇄소, 제작처마다 기준이 다르니 꼭
견적가를 먼저 요청한 뒤에 비교해보는 게 좋다.

　　인디고 인쇄 특징 중 하나는 '색 발현'이다. 뒤에
설명할 옵셋 인쇄보다 조금 더 형광색 느낌, 그러니까
쨍한 느낌이 강하다. 취향에 따라 다르긴 하겠지만,
강렬하고 선명한 색감을 선호하는 분들은 인디고 인쇄를
선택하는 편이다.

· 옵셋 인쇄

옵셋 인쇄는 일반 서점에서 유통되는 대부분의 책에
적용된 인쇄된 방식이다. 잉크를 종이 위에서 분사하고
가열하는 인디고 인쇄와는 달리, 옵셋 인쇄는 '인쇄판'을
만든다. 인쇄판이란, 인쇄할 콘텐츠를 알루미늄판으로
만든 걸 뜻한다. 또한 판통, 고무통, 압통이라는 세 가지
롤러가 유기적으로 맞물려 있고 그사이에 종이를 끼워
넣어 판화처럼 인쇄물이 만들어진다. 인쇄 오차를 줄일
수 있고 조금 더 정교하게 인쇄하는 방식이 옵셋 인쇄라고
이해하면 충분하다.

　　옵셋 인쇄는, 소량 인쇄 때는 인디고 인쇄보다
단가가 높지만, 300부 이상 대량 인쇄물 제작 때는 단가를

더 줄일 수 있다. 활자 구현 방식도 인디고 인쇄보다
안정적이며, 전체적인 퀄리티가 꽤 높은 편이다.

단, 내가 제작할 책에 사진이나 이미지가 많다면,
특히 잉크 흡수량이 많은 '모조지'를 선택한다면 이미지
색감을 '모조지용 CMYK'로 조정해야 한다. 물론 색감에
그리 민감하지 않은 분이라면 상관없겠지만, 아주
미세한 차이만 일어나도 신경 쓰이는 창작자라면 사전에
인쇄소와 여러 협의가 필요하다. 인쇄소 쪽에 원고와
상황을 설명하고 사진 색감을 위한 사전 상담이 필수다.

"제가 처음 제작할 책에 사진이 몇 장 있긴
한데 전 그냥 '책' 자체를 만들고 싶을 뿐이에요!"라고
말씀하신다면 그냥 제작하셔도 괜찮다. 파란색이
보라색으로 나오는 이상한 사고까지는 일어나지 않는다.

정리하자면, 내가 제작할 책이 300부 미만이고 조금 더
저렴한 가격으로 제작하고 싶을 땐 인디고 인쇄, 300부 이상이고
조금 더 정교한 인쇄를 원한다면 옵셋 인쇄를 선택하면 된다.
그리고 인쇄소에 견적가를 문의할 때 인디고와 옵셋 두 가지
견적을 모두 요청하는 것도 좋다. 가격 차이가 크지 않다면 웃돈을
조금 더 얹어서 옵셋 인쇄로 진행하는 걸 추천한다.

디자인 파일을 인쇄소에 어떻게 전달하는 걸까?

한컴오피스의 한글 프로그램으로 책을 디자인했든, 어도비의 인디자인으로 책을 디자인했든 인쇄소에 전달할 때는 PDF 형식의 파일로 만들어야 한다. 디자인 원본 파일은 인쇄소에 전달해봤자, PC 환경에 따라 뒤틀릴 수도 있어서 전달할 이유가 없다. 『Good Afterbook』에선 인디자인 프로그램 기준으로 PDF 변환 방식을 설명하려 한다.

인디자인 메뉴 탭 중 [파일]을 누른다. [내보내기]를 클릭한 후 'Adobe PDF(인쇄)' 형식으로 저장한다. [저장] 버튼을 누르면 내보내기 관련 세부 설정창이 뜬다. 여기서부터는 다음 순서대로 지정하면 된다.

① 'Adobe PDF 사전 설정'은 '출판 품질'로 선택. 대부분의 인쇄소에서 '출판 품질'을 선호하지만 가끔 'PDF/X'로 별도 요청할 때도 있다. 변환 전, 인쇄소에 둘 중 어떤 형태로 변환해드려야 하는지 문의하면 가장 안전하다.

② 좌측 [표시 및 도련] 탭 클릭 후 [표시] 영역에서 △재단선 표시 △도련 표시 △맞춰찍기 표시 등 3개 항목에 체크하면 된다. 나머지 △색상 막대 △페이지 정보 두 가지는 체크하지 않아도 된다. [도련] 영역에서는 '문서 도련 설정 사용'에 체크하고, '슬러그

영역 포함'은 체크를 해제하자. 슬러스는 보통 인쇄소에
전달할 메모 등을 기입하는 여백으로 활용하는 편인데,
요즘은 이메일 및 여러 가지 연락 수단으로 창작자의
의사를 충분히 전달하고 있어서 특수한 경우가 아닌
이상 사용하지 않는다.

③ 여기까지 모두 완료했으면 우측 하단 [내보내기]
버튼을 클릭하시면 된다. 변환된 PDF 파일을 열어서
첫 페이지부터 끝 페이지까지 내가 의도한 대로 잘
배치됐는지 검토하자.

감리는 꼭 봐야 할까?

'감리'에는 여러 정의가 있고, 실제로 인쇄뿐만 아니라 여러
분야에서 활용하는 단어다. 『Good Afterbook』에서 말하는 인쇄
'감리'는, 인쇄소에 가서 내 디자인 파일이 올곧게 인쇄되는지
지켜보고 인쇄소와 협의하는 과정이다.
　　한국 인쇄물 색감은 C, M, Y, K 네 가지 잉크의 배합으로
결정된다(별색 제외). 하지만 모든 인쇄소마다 환경이 같을 순 없다.
기계 상태부터 그날의 온도, 습도, 종이의 상태, 인쇄소 기장님의
개성까지 다양한 변수가 존재한다. 이런 변수에 따라 내 인쇄물의
색감은 여러 방향으로 결정될 수 있다.

색조 화장품을 생각해보면 쉽다. '분홍'이라는 아주 큰 범위의 색 계열은 있지만, 그 안에서도 여러 가지 색으로 나뉜다. 핫 핑크, 코랄 핑크, 살몬 핑크, 크레이프 핑크, 푸시아 핑크, 마젠타 핑크, 베이비 핑크 등 각 색감이 전달하는 느낌은 미묘하게 다르다. 책도 마찬가지다. 창작자가 디자인한 결과물과 최대한 비슷하게는 나오겠지만, 그 '비슷'이라는 범주 안에서 창작자 개인의 기호를 세밀하게 맞추려면 조율을 거쳐야 한다. 이러한 조율을 인쇄소와 함께 진행하는 과정을 인쇄 감리라 말한다.

"그럼 당연히 인쇄소 가서 감리 봐야 하는 거 아닌가?"라고 생각할 수도 있지만, 유념해야 할 것이 있다. 제대로 감리를 보려면 인쇄물 특성에 대해 정확하게 숙지하고 있어야 한다. 인쇄소에 감리를 보러 갔다고 상상해보자. 샘플로 뽑힌 표지를 보니, 내가 예상하던 것보다 색감이 약간 쨍하게 나왔다. 그럼 이때 인쇄소에 다음 두 예시 중 어떻게 말을 해야 할까?

① 표지 색감이 조금 쨍하네요.

　　이거 좀 톤다운할 수 없을까요?

② 표지 색감에 형광빛이 도네요.

　　CMYK 값 조절 다시 할 수 있을까요?

정답은 둘 다 아니다. 인쇄소 환경에 따라 다르겠지만 막 뽑아낸 인쇄물은 아직 코팅되지 않은 날 것의 색감이다. 게다가 자연광과 인공광에서 비교해보지 않은 상태이기 때문에 정말로 '쨍'한 것인지 아닌지 확실치 않다. 그럼 인쇄소 쪽에 필름 유무 비교를 요청하고 광 종류에 따른 비교도 수행해야 한다. 그러고 나서도 색감이 마음에 들지 않는다면 정확한 요청을 전달해야 한다. 이를테면, '톤다운'이나 단순 'CMYK 값 조절'이 아니라 "시안(C값)을 10% 내려주시고 마젠타(M값)를 20% 정도 더 올려볼 수 있을까요? 색이 좀 더 따뜻해 보이는 게 좋겠어요"라고 정확하게 요청해야 하는 것이다. 다소 극단적 예시지만, 감리 때 이런 정확한 의사전달이 있어야 원활한 작업이 이어진다.

생애 첫 제작 때 이런 요청을 정확하게 할 수 있을까? 당연히 어렵다. 그럼에도 기존에 책을 제작해본 주변 사람들은 대부분 "감리는 필수"라고 말한다. 이런 의견만 듣고 무작정 인쇄소를 찾아갔다가 인쇄소와 실랑이만 하다 시간과 감정을 소모하는 분들이 꽤 많다. 나도 정확히 말하기 어려운데, 인쇄소에서는 작업물이 밀려들고 있으니 까칠해지고, 서로 부딪치다가 결국 적당한 선에서 타협했더니 이도 저도 아닌 색감이 나오는 것이다.

"제작비를 지출했다면 감리 과정도 당연히 정당하게 요구해야 하는 것 아닌가?"라고 말씀하셔도 틀린 말은 아니다. 그러나 인쇄물 특성을 정확히 숙지하고 감리를 보는 것과 '남들이 꼭 보라고 하니까' 가는 건 전혀 다른 이야기다. 감리 때 인쇄소에서 할 수 있는 핵심 업무는 '잉크의 양을 조절하는 것'이다. 창작자는 각 잉크 배합에 따른 색감 구분을 정확하게 이해하고 이를 인쇄소 쪽에 요청해야 하는데, 두루뭉술하게 '톤다운'이나 'CMYK 값 조절'만 말하면 서로 난감해진다.

아울러 감리 과정이 길어지면 시험 인쇄 과정도 반복된다는 뜻인데, 시험 인쇄에는 종이가 계속 사용된다. A4 크기 한두 장이 아니라, 타 페이지와 색을 맞추기 위해 판 단위로 인쇄가 지속되는 것이다. 종이 지출은 계속 쌓여갈 테고, 결국 창작자가 지불해야 할 비용이 커질 수도 있다. 여러모로 어려워지는 셈이다.

따라서 아직 책 제작에 능숙하지 않은 분들께는 감리 대신 샘플북 한 권을 만들어달라고 요청하는 방법을 가장 추천하고 있다. 표지 전면이 평면에 모두 인쇄된 광경을 보는 것과 한 권의 책으로 제대로 만들어진 걸 만져보는 과정은 전혀 다르다. 만약 여러분께서 초보 제작자이고, 이번 책이 첫 제작이라면 감리보다는 샘플북을 받아보는 게 시간과 비용을 더 줄이는 방법이다. 물론 샘플북 제작이 공짜는 아니다. 대개 3만 원 내외의 비용이 들지만, 가장 확실하고 정확하게 내 책의 만듦새를 가늠할 수 있기에 전혀 아깝지 않다.

특히, 인쇄소가 밀집해 있는 수도권이나 기타 인프라가 풍부한 지역에 살지 않는다면 샘플북 주문이 훨씬 더 합리적이다. 대한민국 모든 곳에 스타벅스가 있는 게 아니듯이, 전국 곳곳에 하이앤드 인쇄소가 있는 건 아니다. 이러한 물리적 상황과 현실을 고려했을 때 감리 작업이 힘들다면, 샘플북을 통해 내가 구현하고자 하는 만듦새에서 크게 어긋나지 않는 것만 확인 후 그대로 진행해도 충분하다.

이를 두고 누군가는 '전문성 결여'라거나 '작품에 대한
애착이 없다'라고 비판할 수도 있겠지만, 생각의 차이다.
사진집이나 컬러 차트북처럼 아주 정밀한 색감을 구현해야 하지
않는 이상, 1% 차이의 색감을 위해 종이와 노동력을 소비하는 게
과연 누구를 위한 작업인지 생각해볼 필요가 있다.

　　'상업적으로 유통될 책'이 최종 전달돼야 할 곳은 창작자
개인이 아닌, 다수의 독자일 텐데 과연 미래의 내 독자가 '이 책
표지는 마젠타를 1% 내리고 시안을 5%만 올렸으면 완벽했을 텐데
아쉽군' 혹은 '이 책의 표지 색깔은 베이비 핑크가 아닌 살몬 핑크
계열로 마젠타 값을 더 줬으면 좋았겠군'이라고 생각할까? 모르긴
몰라도 100명 중 1명 정도면 많지 않을까?

　　물론 스스로가 색감에 정말 민감하고, 1% 값 차이로
작품 완성도가 흔들릴 것 같다면 무조건 감리를 가는 게 맞다.
누차 강조하고 싶은 건, 여러 조건을 고려하지 않은 채 '인쇄물은
무조건 감리를 봐야 한다'라고 주장하는 건 고정관념에 가깝다.
정리하자면,

　　① 인쇄 감리 과정이 필수는 아니지만,

　　　색감 차이에 민감할 경우 하는 게 좋다.

　　② 감리를 위한 물리적 여건이 따르지 않을 경우

　　　'샘플북' 주문이 더 합리적이다.

　　③ CMYK 조절에 따른 차이를 숙지하고 갈수록

　　　감리 시간을 단축할 수 있다.

완성된 책들은 어떻게 보관해야 할까?

배본사를 계약했다면 책 보관은 문제가 되지 않는다. 하지만 출판사 설립이나 배본사 계약 등의 과정을 거치지 않은 개인 창작자라면 수백 권의 책을 어떻게 유통해야 할지 고민하는 경우가 많다. 원칙적으로 다 완성된 독립출판물은 개인 주소로 일괄 발송된다. 300권이든 500권이든 내가 주문한 권수 모두 내가 지정한 주소로 발송된다. 보통은 거주지로 받고, 개인 사무실이 있으면 사무실로 받기도 한다.

300권, 500권이라는 숫자가 꽤 커서 '이걸 다 집에 보관할 수 있을까' 싶지만, 500부 이하는 생각보다 양이 많지 않다. 『Good Afterbook』을 기준으로 삼으면 '우체국 4호' 박스 안에 80~85부 정도 들어간다. 그럼 300부 주문하면 네 박스 내외, 500부 주문하면 여섯 박스 내외다. 두 박스씩 쌓아놓고 봤을 때, 책이 차지하는 면적은 생각보다 적다. 같은 크기, 같은 두께의 책들이라서 상상했던 것만큼 거대한 규모는 아니다. 이런 책이 1종, 2종, 3종까지 늘어나면 곤란하겠지만, 딱 한 종의 책만 500부 이하로 제작했다면 원룸 크기에서도 충분히 보관 가능하다.

어쩌면 사소하고 당연해 보이는 이야기일지도 모르지만, 책을 몇백 부씩 보관해야 한다는 게 실감이 되지 않아서 실수하는 분들이 꽤 있다. 실제 출판 강연 때 '다 만든 책은 각자 집에 보관하셔도 됩니다'를 말씀드리지 않아서, 책 인쇄가 시작되자마자 집 근처 작은 창고를 알아본 분도 계셨다. 아직 책을 만들어보지 않은 분이라면 충분히 할 수 있는 실수다. 혹시나 『Good Afterbook』을 읽고 계신 분 중에도 이런 소규모 창고 계약 등을 생각하신다면 일단 책을 다 받아놓고 난 뒤에 생각하셔도 괜찮다는 말씀을 드리고 싶다.

발행일, 쇄 번호는 어떻게 기록하면 될까?

독립출판물 제작하기

책의 맨 앞이나 맨 뒤를 살펴보면 '판권지'라는 게 있다. 이 판권지에는 초판 1쇄가 언제 제작됐는지, 저자는 누구이고, 편집자는 누구인지. 어디서 출판했는지와 ISBN은 무엇인지 등이 기록돼 있다. 판권지는 영화 크레딧과 비슷하다고 생각하면 된다. 그래서 그만큼 중요하다.

가끔 "저는 ISBN 없는 독립출판물이라서 판권지는 굳이 안 넣으려고요"라고 말씀하시는 분들이 있는데, 지양하라고 답해드린다. 판권지는 내 창작물의 저작권이 인정되는 중요한 근거 자료다. 이 책이 언제 만들어졌고, 누가 썼는지 반드시 기록돼 있어야 저작권이 발생한다. 한국은 베른 협약[4]에 따라 작품이 창작되는 즉시 저작권이 발생한다. 만약 온라인에서 글을 작성했다면 그 게시물에 대한 기록과 출처가 명확하게

---

4. 1886년에 체결된 국제 저작권 협약. 저작물의 저작자가 해당 저작물에 대한 권리를 가지고 있음을 인정하며, 저작물의 사용과 배포에 대한 규칙을 제시한다. 한국은 1987년에 가입했다.

남지만, 종이책으로 만들었을 경우 판권지가 없을 때 저작권이
누구에게 있는지 알기 어렵다. 당연히 표지에 기록된 저자명이나
책의 내용 등으로 판단할 수는 있지만, 판권지가 있는 경우보다
더 지난한 상황으로 펼쳐질 위험이 있다. 이에 ISBN이 없는
독립출판물이더라도, 이 책이 언제 어디서 어떻게 만들어졌는지
반드시 판권지로 남기자.

판권지에는 기본적으로 다음 정보들을 기입하면 된다.

· 출판사가 없는 경우

제목, 저자명, 발행일, 연락처(전화번호나 이메일 주소), 정가

· 출판사가 있는 경우

제목, 저자명, 편집자명, 발행일, 연락처(전화번호나 이메일
주소), 정가, 출판사명, 발행인명, ISBN

위 항목 중에 생략해야 하는 것들은 빼도 좋다. 예를
들어, 편집자가 따로 없고 스스로 집필한 후 출판하는 거라면
편집자명을 빼면 된다. 연락처도 필수는 아니지만, 파본이
발생하거나 독자 입장에서 궁금한 점이 생겼을 때 소통할 수 있는
수단이라 넣는 편이 좋다. 발코니 출판사의 경우 이메일 주소와
소셜미디어 계정명을 넣고 있다.

발행일에 날짜와 더불어 '초판 1쇄', '2판 3쇄' 등의 표기를
추가해야 하는데, 이 '판'과 '쇄' 개념을 이해해야 한다. '판'은 책의

'판본 수'다. 책을 처음 출간할 때는 초판(혹은 1판)이라 하고 그 후에 책의 내용이 수정되거나 더 추가되는 등 변화가 있을 땐 2판, 3판 등 판본 수를 구분한다. '쇄'는 책을 '인쇄한 횟수'라 생각하면 된다. 초판 제작한 책의 재고가 소진될 때, 큰 틀에서 변화 없이(단순 오탈자만 교정한 수준) 추가로 제작할 때 2쇄, 3쇄 등 쇄 수를 올려서 기록한다.

만약 내가 첫 책을 만든 날이 2024년 1월 1일이라면, '초판 1쇄 2024년 1월 1일'로 표기하고, 한 달 만에 책이 다 팔려서 추가로 제작해야 하면 '초판 2쇄 2024년 2월 1일' 등으로 하는 방식이다. 그런데 첫 책을 만들고 나서 발견된 여러 오류가 있어서 몇 가지 내용을 개정했다면 '초판 2쇄'가 아니라 '2판 1쇄' 등으로 표기하면 된다.

이러한 규칙은 법률로 규정돼 있는 게 아니라, 출판사나 창작자 개인이 구분하기 위해서 정착된 표기법이다. 그래서 1쇄에 100부 찍고 2쇄에 20부만 찍었는데도 '2쇄까지 찍은 화제의 책!'으로 홍보되는 경우도 간혹 있다. 제도를 악용하는 사례도 있으니 '쇄 수'가 많다고 해서 그 책이 아주 흥행한 책이라고 볼 수는 없는 것이다.

내 책의 정가는 얼마로 해야 할까?

책을 처음 만들 때 어려운 과정은 한둘이 아니지만, 특히 '내 책의 정가'를 책정할 때가 가장 난감하다. 내가 들인 노력에 비해 너무 저렴하면 아쉽고, 그렇다고 너무 비싸면 사람들이 찾지 않을 것 같기 때문이다. 이럴 땐 두 가지 기준을 통해 정가를 책정하면 편리하다.

첫째, 내 책과 비슷한 스펙의 책을 여러 권 둘러본 후 평균가를 매겨 보는 것이다. 단, 대형 출판사의 정가는 평균가 비교 집단에 포함하면 안 된다. 대형 출판사는 기본적으로 1쇄에 3~4천 부씩 생산하기에 권당 단가[5]가 독립출판 규모와 비교가 안 된다. 책 인쇄와 제본은 한 번 생산할 때 많을수록 권당 단가가 줄어든다. 200권 제작할 때 100만 원이라면, 500권 제작할 때는 170만 원이면 되는 식이다(단순 비교를 위해 적용한 숫자이므로 정확한 금액은 아니다). 이 증가세가 1,000권, 2,000권, 3,000권으로 넘어갈수록 권당 단가는 계속 줄어든다. 따라서 한 번 제작할 때 300~500부 제작하는 독립출판물은 권당 단가가 높아서 대형 출판사의 책 정가를 따르려면 엄청난 손해를 감당해야 한다. 1인 출판사나 중소규모 출판사, 혹은 독립서점에서만 판매되는 개인 창작자의 작품 등을 주로 살펴보고 정가 범위를 책정해보자.

---

5. 전체 제작비를 제작 부수로 나눈 값. 예를 들어, 200권 제작할 때 100만 원이 소요됐다면 그 책은 권당 단가가 5,000원이다.

범위를 책정했다면 둘째, 내 책의 제작비에 따른 손익 계산을 해봐야 한다. 한 권의 책에는 인쇄·제본 비용, 서점 수수료, 배송비 및 기타 제반 비용이 투입돼야 한다. 그중 가장 확실하고 빠르게 책정할 수 있는 건 역시 인쇄·제본 비용이다. 그 인쇄·제본 비용을 중심으로 나만의 독립출판물 단가표를 만들어 보자.

- 제작 부수 : 300부
- 인쇄 및 제본 비용 : 1,350,000원(부가세 포함)

희망 정가	제작 단가	독립서점 수수료	배송비	권당 예상 실수익	300권 기준 실수익
10,000원		3,500원		1,200원	360,000원
12,000원	4,500원	4,200원	800원	2,500원	750,000원
15,000원		5,250원		4,450원	1,335,000원

※ 인쇄 및 제본 비용은 2023년 초 기준 평균가입니다.
  제작 단가는 인쇄 및 제본 비용을 단순 300부로 나눈 값입니다.
  독립서점 수수료는 희망 정가의 35%로 책정했습니다.

고정되는 비용에 따라 정가를 여러 범위로 써보면 한눈에 알 수 있다. 배송비는 독립서점에 한 번 보낼 때 기준으로 책정했다. 가장 저렴한 편의점 택배 비용부터 다소 비싼 우체국 택배 비용의 평균값 4,000원을 단순히 5권으로 나눈 값이다.

실제로는 더 지출될 수도 있다는 점을 감안해야 한다.

저렇게 제작비부터 부대비용을 모두 제거하면 내 책 한 권이 만들어낼 실수익이 나온다. 실수익에 제작 부수를 곱하면 나의 노동 가치가 산출되는 식이다. 만약 10,000원이라는 저렴한 가격으로 정가를 책정한다면 나에게 돌아오는 실수익은 36만 원 내외다. 심지어 이것도 입고한 '모든' 서점에서 '모든' 재고를 판매하고 '모든' 정산이 이뤄졌을 때 기준이다.

기적처럼 책이 품절되고 정산됐다 해도 손에 쥐어지는 게 36만 원. 조금 허망할 수도 있다. 왜냐하면 분명 책 한 권을 만드는 데 원고 작성부터 제작까지 최소 3개월은 걸렸을 것이고, 36만 원을 3개월로 나눠보면 한 달에 12만 원꼴. 하루에 1만 원도 벌지 못한 셈이다. 물론 가장 큰 목적이 수익 창출은 아니었더라도 조금 실망스러울지 모른다. 그럼 정가를 2,000원 정도 올려보자. 그래도 기적처럼 품절과 정산이 깔끔하게 끝나더라도 75만 원보다 조금 더 벌 수 있다. 자꾸만 아쉬운 가격이다.

하지만 더 죄송한 말씀을 드리자면, 해당 단가표는 정말 기본적인 비용만 명시한 경우다. 샘플북을 소모비용으로 책정하지 않았고, 혹시 모를 배송 사고에 따른 추가 배송비, 급하게 책을 보내야 할 때 구입할 박스 비용 등이 반영되지 않은 단가표다. 결국 여러 상황을 고려해보면 15,000원 정도는 돼야 '내 책'의 물질적 가치를 실현할 수 있는 셈이다.

이러한 점 때문에 독립출판물은 기성 출판물보다 다소 비싼 경향이 있다. 개인 창작자가 감당해야 할 것들이 너무 많고,

책은 소량으로 제작할수록 권당 제작 단가가 비쌀 수밖에 없으니 말이다. 그래서 독립출판물 가격과 대형 출판사의 도서 가격은 비교할 수 없는 관계다.

하지만 우리에게 희망이 있는 건, 독립서점을 자주 방문하는 손님들께서 이러한 독립출판 시장을 이해해주고 있다는 점이다. 개인 창작자라서, 혼자 만들기 때문에 더 비쌀 수밖에 없는 현실을 알고 계시니까 여러분의 노고를 너무 저렴하게 책정하지 않았으면 한다. 평균가와 손익 계산을 통해 나의 노동에 걸맞은 가격으로 과감히 결정하길 바란다.

대화 2
: 작가 '연정'

연정 작가는 2019년, 독립출판물 『내일은 내일의 해가 뜨겠지만 오늘 밤은 어떡하나요』를 직접 만들었다. 이후 발코니 출판사와 계약해 동명의 책을 개정증보판으로 출간했는데, 출간 후 『내일은 내일의 해가 뜨겠지만 오늘 밤은 어떡하나요』는 각종 미디어에 소개되면서 베스트셀러로 자리 잡았고, 현재 인도네시아에 이어 일본 번역판까지 출간되는 등 더 멀리 뻗어나가고 있다. 발코니 출판사는 연정 작가의 책을 부산의 독립서점 '나락서점'에서 처음 발견했다. 연정 작가 역시 진서하 작가와 마찬가지로 출간 후 글쓰기를 계속 이어가고 있다.

작가님 소개 부탁드립니다.

안녕하세요. 『내일은 내일의 해가 뜨겠지만 오늘 밤은 어떡하나요』를 쓴 작가 연정입니다. 책 하나 내고 작가라 너무 많이 불려서 늘 머쓱한 사람이고요, 처음에 독립출판으로 책을 만들고 그 계기로 발코니 출판사와 인연을 맺었습니다.

지금은 글쓰기 외주 노동을 하기도 하고, 일주일에 두 번 미술 교습소에서 초등학생 친구들과 그림을 재밌게 그리는 중입니다. 본업은 '봄의 공장'이라는 이름으로 액세서리를 셀렉해서 판매하는 일을 하고 있습니다. 부산에서 활동 중이에요.

작가님께서 독립출판을 시작했던 계기는 무엇인가요?

작가가 되어야겠다는 다짐은 그냥 어릴 때 버킷리스트 같은 거였어요. 죽기 전에 책을 한 권 내봐야지 하는 막연한 꿈만 있었던 거죠. 독립출판이 나오기 전까지만 해도 '책'이라는 건 정말 대단한 사람들만 낼 수 있는 것이었습니다. 그래서 제가 책을 만든다는 일은 생각을 못 한 채 살았어요. 혼자 짧은 글을 쓰거나 다른 책을 읽는 것에만 관심을 두고 있었다고 해야 할까요?

그러다가 2010년대 중반에 서울에 놀러 갔다가 '소소시장'이라는 플리마켓에서 독립출판물이라는 것을 처음 봤습니다. 등단을 하지 않은, 글쓰기를 업으로 삼지 않은 저와 비슷한 사람들도 책을 낼 수 있다는 걸 그때 알게 됐어요. 깜짝 놀랐고 가슴이 엄청 뛰었던 기억이 있습니다.

그 후 부산으로 돌아와서 적금을 들었어요. 독립출판 수업을 듣는 적금이었던 거죠. 광역시 단위인 부산이라 해도 그땐 독립출판 클래스를 여는 곳이 드물었고, 독립서점도 몇 곳 없었습니다. 서울에 다 있으니까 돈을 모아서 클래스를 들으러 가려고 했어요. 지역에 사는 사람들은 서울에서 하루 1시간짜리 클래스만 들으려 해도 한 번 이동하는 데 비용이 꽤 드니까요.

그렇게 80만 원쯤 모았을 때 운 좋게도 부산에서 책 만들기 워크숍을 한다는 소식을 봤습니다. 7천 자 넘는 지원서를 구구절절 써서 들어갈 수 있었어요. 그게 『내일은 내일의 해가 뜨겠지만 오늘 밤은 어떡하나요』의 시작이었습니다. 13주에 걸쳐서 수업을 듣고 책을 만들었어요. 독립출판이 지금만큼 활성화되지 않았던 시기라 주변에서 신기하다는 반응을 많이 보였습니다.

당시 처음 책을 만들면서, 어떤 사람들이 읽었으면 하셨나요?

13주 수업 들을 때도 당시 강사님께서 비슷한 걸 물어보셨던 거 같아요. 독자층을 정하는 거죠. 저도 처음엔 '제 또래'나 '저와 비슷한 사람'으로 한정했습니다. 대학생이거나, 사회초년생이거나, 자취를 처음 하는 사람들. 아니면 책에 쓴 것처럼, 너무 힘들어서 정신과 상담을 생각할 정도로 슬펐던 사람들, 먹고 사는 일을 매일 해내느라 힘든 사람들 등이었던 거죠.

그런데 원고를 쓰다 보니까 욕심이 났어요. 성별이나 연령을 좀 초월해서 그냥 모든 사람들이 읽었으면 좋겠다고 생각을 한 거예요.

보통 '모든 사람이 좋아할 만한 책'을 목표로 하면 원고 방향이 이리저리 복잡해지는데, 작가님의 첫 독립출판물은 그럼에도 불구하고 정말 많은 사랑을 받았습니다. 특별한 이유가 있을까요?

저는 진짜로 '모든 사람'을 생각해서 초안 피드백을 굉장히 많이 요청했어요. 사실 작가들의 초안은 정말 부끄럽습니다. 그 부끄러움을 무릅쓰고서라도 이곳저곳 제 글을 한 편 쓸 때마다 다 보여줬어요. 책을 평소에 안 읽는 친구, 독서가 취미인 지인 등 가릴 것 없이 꼭 의견을 물어봤어요. 그런 작업 방식을 이어가다 보니까 정말 누가 읽어도 이해가 쉽게, 단숨에 읽히게 글이 고쳐졌습니다.

책을 내기 전 초안을 이곳저곳에 보여준다는 게 쉬운 일이 아니고, 지금 다시 하라고 해도 못 할 것 같아요. 하지만 그땐 그런 부끄러움보다는, 이 책이 잘 나와야 한다는 것에 대한 걱정이 더 컸습니다. 걱정이 부끄러움을 이긴 거죠. 책이 많은 사람들에게 닿을 수만 있다면 지적을 계속 듣고 고치는 건 아무 문제도 되지 않았습니다.

『내일은 내일의 해가 뜨겠지만 오늘 밤은 어떡하나요』 독립출판물 초판본 성적표는 800부 전량 소진이었습니다. 책을 만들던 당시에 정말 솔직하게 몇 부 정도 판매될 거라 예상하셨나요?

저는 정확하게 말할 수 있어요. 제가 책을 냈다고 알렸을 때 47권이 팔릴 거라고 예상했습니다. 300권 제작해서 47권 팔리면, 나머지는 독립서점에 입고할 거라고 다짐했어요.

왜 47권이라 생각했냐면, 제가 책 만들기 클래스에 들어가던 순간부터 인스타그램에 과정을 계속 올렸어요. 그때 댓글로 제 책을 반드시 사겠다고 확답한 사람들이 있습니다. 그분들 중에 두세 권까지 사줄 것 같은 사람, 한 권 정도는 꼭 사줄 것 같은 사람 등을 세어보니 47권이었어요.

그분들만 사주시면 저는 다 됐다고 생각했습니다. 남는 수량은 원하는 서점이 있으면 입고하고, 아니면 제 브랜드 '봄의 공장' 제품 포장지로 책 페이지를 찢어서 사용하려고 했어요. 실제로 독립출판물을 2쇄까지, 800권을 팔 거라고는 당시에 전혀 예상하지 못했습니다.

독립출판물을 제작할 때 원고 집필, 디자인, 인쇄소 견적 내기, 유통하기 등 다양한 과정 중 가장 힘들었던 점은 무엇인가요? 모든 과정이 어려웠다면 각 과정마다 다 말씀해 주셔도 좋습니다.

당연히 제가 책이나 글에 관련된 삶을 살지 않았기 때문에 모든 과정이 어려웠어요. 에세이를 쓴다는 건 내 삶이 글감이 되는 거잖아요? 제가 오래 살아온 것도 아니고 매일 특별한 일상을 보낸 것도 아닌데, 그걸 책에 기록할 언어로 담아내는 게 쉽지 않습니다. 특히 독립출판물을 처음 만드는 입장이다 보니까, 제 글이 타인에게 어떤 의미와 분위기로 읽히는지 전혀 예상하지 못해서 힘들었어요. 유치하다고 하거나 "이것도 글이냐?"와 같은 비난을 받을까 봐 두려워서 원고 집필이 쉽지 않았습니다.

디자인은 제 기준치가 높아서 고역이었어요. 디자인 전공으로 졸업했지만, 디자인을 업으로 삼진 않았습니다. 그러니 실력은 그다지 없는 편인데 눈만 높은 상태였던 거죠. 멋진 디자인, 눈길을 끄는 디자인이 무엇인지는 아는데, 그걸 제 손으로 구현할 수가 없어서 정말 끔찍했습니다. 결국 어설프게 이것저것 더하지 말고 다 빼자 싶어서 가장 심플하게 표지와 내지를 구성했어요.

인쇄도 만만치 않았네요. 인쇄소 목록을 쭉 뽑고 메모장에 대본을 썼습니다. 인쇄소마다 전화해서 물어보려고요. 그렇게 적당한 인쇄소를 골라서 갔는데, 본격적인 제작 때 뒤표지에 커다란 핑크색 얼룩이 인쇄됐습니다. 30권 넘게요. 그래서 저는 당연히 그 수량을 다시 제작해달라고 했는데 그 인쇄소 사장님이 역정을 내시는 거예요. 본인은 안 보이는 얼룩이라며 책을 던질 기세로 화를 냈습니다. 정말 많이 울었어요. 그래도 포기하지 않고 끝까지 요청해서 보상을 받아냈기 때문에 후회는 없습니다.

제작을 다 하고 나서 유통할 때 꼭 말씀드리고 싶은 게 있어요. 저는 제 첫 독립출판물을 소개하는 이메일을 다른 서점에 한 번도 보낸 적 없습니다. 저처럼 하시면 절대 안 돼요.

읽는 분들이 궁금해하실 것 같습니다. 입고 메일을 한 번도 보내지 않았는데 800권이 판매됐거든요.

제 브랜드 '봄의 공장' 제품이 판매되고 있던 소품샵 '러브이즈기빙'에서 제 책을 팔아보고 싶다고 연락해 주셨어요. 그리고 그 소품샵에서 책을 알게 된 나락서점 대표님이 추후 따로 연락을 주셨습니다. 이렇게 누가 먼저 찾아주기 전에는 제가 나서서 책을 소개한 적 없어요. 두 분 덕분에 책이 잘 판매된 거예요. 더 잘 될 수 있었던 기회를 놓친 셈입니다.

입고 문의를 보냈다가 거절당하는 게 견디기 힘들 것 같아서 이메일도 안 보냈어요. 게다가 모든 과정을 거치니까 입고 문의까지 보낼 여력이 남지 않기도 했습니다. 이 책을 읽는 분들 중에 입고를 망설이는 분들이 있다면, 저처럼 절대 하지 말길 바랍니다. 지금 생각하면 정말 답답해요.

책이 거절당하는 건 서점마다의 사정에 따라 다른 거니까, 눈 꼭 감고 입고 문의 이메일을 보내세요. 기왕 만든 책을 조금이라도 많은 사람들이 읽을 수 있게요.

혹시 서점 입고 말고 별도로 시도한 홍보 수단이 있었나요?

출판사가 없었기 때문에 인스타그램에 게시물을 올리는 게 유일한 홍보 수단이었습니다. 제 피드에 들어오면 이 책의 작가인 게 바로 보이게끔 프로필에 정리해두었고요. 게시물 하나 올릴 때마다 한 권씩 팔린다고 믿었습니다. 실제로 게시물 올리는 날에는 주문이 들어오더라고요! 어떻게든 사진을 예쁘게 찍고 내용을 정리해서 업로드를 했습니다.

제 책과 관련된 해시태그를 찾아서 매일 '좋아요'를 눌렀던 기억도 있어요. 입고된 서점이나 소품샵 태그도 마찬가지고요. #에세이추천 #독립출판 #나락서점 #책추천 #러브이즈기빙 등을 쭉 돌아보며 좋아요를 누르면 10명 중 4명 정도는 제 인스타를 둘러보았고 자연스럽게 책이 노출된다고 생각했습니다. 다른 곳에서 책을 발견하면 '어! 나 저 책 아는데!' 이렇게요.

또는 책은 샀는데 작가가 누구인지, 어떻게 만들어진 책인지 모르는 분들은 제 정보를 알게 됐어요. 비용이 안 드는 홍보 수단은 무조건 활용해야 한다고 생각합니다. 좋아요나 댓글이 적어도 생각보다 많은 사람들이 읽고 본답니다. 혼자 읽는 일기장이 아니라, 책이라는 상품이기 때문에 무조건 많이 팔고 많이 읽히고 싶었습니다.

이렇게 쭉 돌이켜보면 힘든 과정의 연속이었는데, 그럼에도 다음 책을 만들어보고 싶었나요?

네, 만들고 싶었어요. 저뿐만 아니라 책을 한 번이라도 만들어보신 분이라면 공감하실 겁니다. 내 책이 눈앞에 실제로 만들어진 모습을 보고 나면, 나도 모르게 내 마음 한쪽에 작가의 마음이 피어올라요. 책을 낸 이후로는 새로운 사건이나 경험을 만나면 이걸 누군가에게 글로 공유해보고 싶은 마음이 듭니다. 과거에는 혼자만 알고 삼켰던 것들을 타인과 계속 공유해보고 싶은 거죠. 그 마음이 계속 피어오르니 다음 책 생각도 자연스럽게 하게 되더라고요.

친구나 지인 등 가까운 사람들 외에, 아예 모르는 사람의 내 책 후기를 발견한 기억이 있을까요? 그때의 기분을 말씀해 주세요.

기억에 남는 순간이 있습니다. 인스타그램의 어떤 게시물이었어요. 독서 후기를 올리는 분이었는데, 제 책에 대한 소감을 올려주셨더라고요. 아예 모르는 분이었는데 제가 어떤 마음과 어떤 의도로 책을 썼는지 너무 정확하게 말씀해주셨습니다. 글에 대한 칭찬도 꼭 제가 듣고 싶었던 그런 칭찬이었어요.

　　　　사실 지인들이야 날 선 말은 잘 안 하고, 제 친구들도 제가 얼마나 고생했는지 아니까 좋은 말을 많이 해줍니다. 그런 소중한 사람들 외에, 또 다른 누군가가 제 책을 좋아해 준다는 사실을 발견했을 때 진짜 큰 용기가 됐어요. 그제야 비로소 저도 제 책을 온전히 믿고 사랑하게 됐다고 생각합니다.

발코니 출판사와의 계약 전과 후를 비교했을 때, 어떤 장단점이 있나요? 독립출판물 제작 후 출판사와의 계약을 고민하는 작가님께 현실적인 부분을 알려주시면 좋을 것 같습니다. 출판사에서 이런 질문을 해서 어느 정도의 필터링이 있을 수밖에 없지만, 그럼에도 솔직하게 말씀 부탁드립니다.

물론 출판사 대표님이 질문을 해주셨지만, 저는 정말 솔직하게 답할 수 있어요. 독립출판을 해본 다음 출판사 계약 요청이 왔다면, 조건을 살펴본 뒤 가급적 꼭 계약했으면 합니다. 제가 『내일은 내일의 해가 뜨겠지만 오늘 밤은 어떡하나요』를 2쇄까지 만들고 나서 혼자 더 해내기 너무 벅찼어요. 그때 마침 시기가 좋게 발코니 출판사 대표님이 저에게 연락했고, 출간 계약까지 이어졌습니다. 이후에는 감사하게도 베스트셀러에 오르고 해외 판권 계약까지 이뤄낼 수 있었어요.

　　작가에게 돌아가는 수익이 독립출판을 직접 했을 때랑은 많이 다릅니다. 정가의 10%를 받으니까요. 그런데 작가가 10% 가지고 간다는 사실이 처음엔 좀 놀랍겠지만, 직접 독립출판을 해보면 이해가 되는 수치예요. 책도 그렇고 어느 물건이든 중간 유통사가 가장 많이 이득을 취하잖아요? 출판사도 작가에게 10%를 준다고 해서 70%, 80%를 가져가는 게 아니더라고요. 그래서 수익과 관련한 부분이 물론 중요하긴 하겠지만, 새로운 영역, 새로운 기회와 연결될 수 있다는 점을 더 중요하게 봐야 할 것 같아요.

혼자 독립출판을 해서 서점에 입고할 때, 그러니까 포장비에 택배비에 팔리는 속도를 다 포함한 비용과 인세 10%를 받고 대형서점과 도서관에 납품했을 때 비용을 비교해 보았습니다. 저는 2쇄까지 혼자 판매했기 때문에, 발코니와 계약 후 초반에는 독립출판했을 때 수익이 더 좋았습니다. 그 후 몇 개월 동안 출판사에서 새로운 입고처를 늘리고 다양한 협업을 하고 작은 이벤트도 열면서 책의 수명이 길어졌다고 할까요? 더 큰 시장에서 많은 사람들에게 유출이 됐고 그로 인해 외주가 들어오기도 했습니다. 유통 경로가 다양해지니까 혼자 판매할 때보다 소진되는 속도가 빨랐어요.

출판사와 계약하면 가장 좋은 점은 아무래도 편집자가 있다는 겁니다. 독립출판을 해보시면 편집이 가장 큰 고민일 거예요. 내 문제점이 무엇인지, 어디를 더 개선할 것인지 스스로 판단하기가 많이 어렵습니다. 하지만 전문 편집자가 있으면 제가 생각하지 못한 부분을 발견할 때가 많아요. 그래서 저는 제 개인적인 발전에 있어서 훨씬 도움이 됐습니다.

하지만 가장 큰 문제는 '좋은' 출판사를 만나야 한다는 점이겠네요. 저도 사실은 발코니와 계약할 때 '나를 굉장히 괴롭힐 수도 있다'라거나 '내 글을 시장에 맞게 대폭 수정할 수도 있다' 등의 리스크를 미리 감안하고 계약했습니다. 그런데 오히려 이렇게 내려놓으니까 제가 생각하던 '좋은' 출판사를 만날 수 있었어요. 저는 발코니에서 정산 내역이나 판매 내역을 정말 투명하게 받고 있는데, 이렇게 세세하게 공개하는 출판사가 많이 없는 것으로 알고 있거든요. 작가가 책에 대한 권한도 잘 요구할 수 없게 분위기를 조성하는 곳이 있고요. 그런 부분에서 저는 다행히 출판사를 잘 만나지 않았나 합니다.

만약 내가 생각하는 조건에 부합하는 출판사가 계약 요청을 했다면 저는 꼭 기회를 붙잡으라고 말씀드리고 싶습니다. 새로운 기회를 물어다 줄 거예요. 자신의 커리어나 여러 가지 확장성 면에서 절대 마이너스는 아니라고 생각합니다. 그리고 가능하다면 독립출판을 혼자 해보고 출판사랑 계약을 하셨으면 좋겠어요. 책이 어떻게 만들어지고 어떻게 흘러가는지 본인이 한 번 경험하고 계약하면 훨씬 더 이해하기가 쉽습니다.

발코니와 정식 계약을 맺고 독자와의 북토크 자리를 가졌습니다. 이렇게 북토크도 할 수 있을 거라고 상상하신 적 있나요?

저는 상상을 굉장히 구체적으로 해요. 스스로 망상이라고 부릅니다. 어느 정도냐면, 만약에 제가 운동선수가 돼서 올림픽 금메달을 따면 수상 소감을 뭐라고 할지, 가수가 돼서 콘서트를 하면 엔

딩곡으로 뭘 해야 할지, 아이돌 그룹에 들어간다면 어떤 포지션으로 가야 할지 상상할 정도예요. 그러니 책을 낼 때도 북토크 상상을 구체적으로 했습니다. 민망하네요.

아무튼 그렇게 상상을 했는데 실제로는 아주 달랐습니다. 너무 긴장해서 그날 제가 무슨 말을 했는지 사실 구체적으로 기억이 안 나요. 그래도 정확히 기억나는 것은 그때 제 이야기를 들으러 와주신 독자님들의 눈빛과 옷차림입니다. 지금도 선명하게 떠올라요. 북토크가 끝나고 책에 사인을 받으러 오셨을 때 전해주신 말들도 있습니다. 저는 알아요. 그런 자기만의 소감을 작가에게 전달한다는 게 얼마나 용기가 필요한지를요. 그래서 항상 감사하고, 지금도 글을 쓰기 힘들 때마다 그분들의 눈빛과 말들을 떠올립니다.

돈을 내고 시간을 들여서 제 이야기를 들으러 와주시는 것 자체가 믿기지 않았습니다. 돈값을 해야 한다는 생각 때문에 제가 더 긴장했던 것 같아요. 책을 내지 않았다면 경험하지 못했을 일입니다.

당시 북토크를 부산의 독립서점인 '나락서점'에서 했습니다. 작가님께 처음 연락한 서점도 나락서점이라 애착이 클 것 같아요. 첫 독립 출판물을 만든 후부터 지금까지, 작가님께 독립서점이라는 곳은 어떤 의미인가요?

제게 독립서점은 '아무것도 증명할 수 있는 게 없는 사람들도 환영해주는 너그러운 곳'입니다. 이런 공간이 이 사회에 있다는 것 자체가 좀 위안이 될 때가 있어요.

사실 그렇잖아요. 우리가 사는 곳은 항상 모든 걸 증명하라고 합니다. 어떤 직업을 가질 때나 어떤 공간에 들어가고 싶을 때, 또 어떤 단체에 참여하고 싶을 때 항상 내가 어떤 사람이고 어떤 걸 이뤘고 어떤 능력이 있는지 증명해야 해요. 그런데 독립서점은 등단 작가나 베스트셀러 작가가 아니더라도 내 책을 환영해줍니다. 자기 돈을 들여서 공간을 만들고 매달 월세도 내면서 지키고 있는 공간에, 증명할 수 없는 사람들을 위해 자리를 마련해준다는 사실이 저는 따뜻한 일이라고 생각해요.

나락서점에 처음 제 책이 들어갈 때도 비슷했습니다. '글'이라는 것으로만 보면 저는 아무 경력 없는, 이제 겨우 손바닥보다 작은 책 한 권 만든 사람일 뿐이었어요. 그런 저를 몇 줄의 문장만으로 좋게 봐주시고 본인의 공간을 내어준다는 게 창작자로서 엄청난 응원이었습니다.

결국 독립출판 문화라는 것도 독립서점이 있으니 활성화가 되는 거거든요. 창작자가 계속 태어나려면 독립서점이 있어야 하고요. 이렇게 너그러운 곳이 계속 잘 될 수 있으면 좋겠습니다. 창작자뿐만 아니라 독자들도 다양한 책을 만날 수 있도록요.

'내 평범한 이야기를 책으로 내도 될까?' 망설이는 분들이 있습니다. 어떤 말을 전해드리고 싶은가요?

당연히 망설이지 말라고 말씀을 드리고 싶습니다. 예전에 제가 생각하던 '책'은 이런 이미지였어요. 뭔가 유명하고 성공한 사람들이 자기만의 비밀을 풀어놓는 정보서. 그래서 그 비밀을 알고 싶고, 그들만의 특별한 뭔가를 확인하고 싶어서 책을 자주 펼쳤던 것 같아요.

하지만 요즘은 다릅니다. 책이든 노래 가사든 그 작품에서 '나와 비슷한 모습'을 발견할수록 더 특별한 콘텐츠로 여겨지더라고요. 그래서 평범할수록 저는 장점이라고 생각합니다. 우리가 유튜브에서 브이로그를 찾아보는 것도 그 사람이 어마어마하게 특별하고 신기한 삶을 살아서 보는 편은 아니잖아요? 그 사람의 일상이 나와 비슷해 보이고, 또 어떨 땐 참고도 해볼 수 있고, 말하고 행동하는 게 공감이 되니까 자꾸 찾게 되는 것 아닌가 합니다.

책도 마찬가지라 생각해요. 나와 비슷한 사람들, 평범한 사람들이 내 책에 모여서 서로의 이야기를 나눌 수 있게 한다면 그것만으로도 이미 내 책의 가치는 충분하지 않을까 합니다.

독립출판을 처음 시작하던 당시로 돌아가서, 그때의 작가님께 전하고 싶은 말이 있을까요? 응원이나 조언 등 자유롭게 부탁드립니다.

듣자마자 생각난 건 당장 가서 참 고생 많다고 다독여주고 싶어요. 독립출판을 처음 할 때 저는 정말 온 힘을 다했습니다. 그래서 더 열심히 하려고 애쓰는 저를 좀 말리고 싶기도 해요.

또 한 편으론, 내가 내 이야기를 글로 쓰고 사람들한테 보여주고 칭찬을 듣고 공감을 얻고 이런 과정들이 삶에 있어서 진짜 특별한 일이라는 걸 좀 더 일찍 깨닫길 바란다고 말해주고 싶습니다. 저는 제 책을 제 손으로 처음 만들고 나서 좀... 미워했어요. 첫 책이라 부족한 점이 너무 많아 보이고, 민망한 지점도 있고 하니까 온 마음으로 사랑해주진 못한 거죠. 다른 사람들의 애정과 사랑이 더해지니까 그제야 저도 제 독립출판물을 다정하게 대한 것 같아요.

훌륭한 결과물을 만들겠다는 것에 집착하지 말고, 지금의 과정이 얼마나 낭만적이고 행복한 일인지 기억하라고 말해주고 싶습니다.

작가님께서 생각하시는 독립출판은 결국 무엇인가요?

제가 독립출판을 모두 섭렵한 것은 아니기에 정답은 아니겠지만, 독립출판이 나를 표현할 하나의 수단이 된 건 확실한 것 같아요.

요즘 늘어나고 있는 유튜브 브이로그도 그렇고, 인스타그램 게시물을 올리거나 특화된 계정을 운영하는 것도 그렇고, 모두 다양한 방식으로 자기의 삶을 전시하고 있습니다. 이처럼 나를 표현하는 도구 중 하나로써 독립출판이 자리 잡고 있다고 생각해요. 예전엔 독립출판이 아주 특이한 문화로 여겨졌다면, 지금은 어느 정도 인지하는 분들이 많고 범위도 굉장히 확장됐다고 느껴집니다.

갈수록 더 많은 분들이 독립출판에 도전하고 있고, 저는 나중에 시간이 더 흐르면 한국에 살면서 책 한 권 내는 건 보편적인 일이 될 것 같기도 해요. 이런 현상에 대해 비판하는 시각도 있지만, 저는 독립출판 행위가 보편화될수록 사람들이 책을 좀 더 친숙하게 느끼게 될 거라 생각하는 편입니다. 자기 책을 만드는 사람들은 또 다른 책을 읽을 수밖에 없으니까요. 책을 향유하고 직접 만들고 또다시 다른 창작물을 찾아서 읽는 등의 행위가 계속 활성화되길 바라는 마음입니다.

아마 이 인터뷰를 유심히 읽고 있는 분들이라면, 언젠가는 내 책을 만들겠다는 다짐을 한 번쯤은 하셨을 것 같습니다. 이분들을 위해 먼저 경험한 창작자로서 전하고 싶은 말이 있을까요?

제일 먼저 드리고 싶은 말씀은, 자신을 의심하지 마세요. 내 이야기가 책으로 만들 만한 이야기인지, 내 글이 비난만 받을 글인지,

독립출판이 내 인생에 플러스가 될지 마이너스가 될지, 지금 이 걸 하는 게 진짜 맞는지 그런 거 전혀 의심하지 말았으면 합니다. 정말로 '그냥' 하셨으면 좋겠어요. '언젠간 꼭 해야지'라고 생각하지 마시고 최대한 이른 시일 내에 하셨으면 합니다.

빨리 해야 하는 이유가, 결심이 든 순간에 나에게 생생했던 그 감정이 무뎌지는 건 순식간이에요. 저도 제 책을 쓸 때 나중에 제가 이 글에 대해 부끄러워할 거라는 걸 알고 있었어요. 당시의 연애 이야기도 있으니까요. 나중에 분명히 이불을 차겠지만, 그래도 지금 이 감정이 생생할 때 포착해서 기록하고 싶었습니다. 지금 이 순간에만 쓸 수 있는 글이 있어요.

책을 한 권 만들면, 앞으로 계속 더 만드실 거예요. 그러니 지금 완벽하게 한 권을 만들겠다고 부담 가지지 마시고, 빠르게 나의 창작물을 하나 만드시길 바랍니다. 완벽한 준비는 없어요. 편안하게, 지금을 책으로 만들어 주세요.

책의 외적인 부분도 금전적 여유가 되면 외주 디자인을 맡기시고, 아니라면 혼자 만들어도 충분합니다. 저도 첫 책을 직접 만들고 나니까, 디자인의 디테일이라는 건 디자인을 전공하고 배운 사람들에게만 발견되더라고요. 보통의 사람들은 자간이 얼마고 행간이 어떻고 색감 포인트가 어떤지 등을 크게 신경 쓰지 않습니다. 외적인 부분에 골머리를 앓다가 시간을 낭비하지 않았으면 좋겠어요.

독립서점 거래하기

독립서점 거래하기

독립서점 거래하기

독립서점 거래하기

독립서점 거래하기

독립서점이란 무엇일까?
우리 동네 독립 서점은 어디에 있을까?
독립서점에 입고하려면 어떻게 해야 할까?
신간 안내문은 어떻게 쓰면 좋을까?
입고 전 알아야 할 사항은?
대형서점과 거래하기

독립서점이란 무엇일까?

서점을 큰 분류로 나눠보면 대형 서점(교보문고, 영풍문고 등), 대형 온라인 서점(교보문고 온라인, 예스24, 알라딘 등), 중소형 서점, 중소형 온라인 서점, 독립서점 등으로 구분할 수 있을 것이다. 이는 공식적인 기준에 따라 나눈 것이 아니라, 설명을 위해 임의로 분류했다는 점 참고 부탁드린다.

대형 서점은 흔히 알고 있는 교보문고, 그리고 영풍문고 등 전국에 큰 규모로 오프라인 지점을 두고 있는 서점이다. 일반 단행본부터 문제집, 각종 아트북까지 '시장에 유통될 수 있는 책'은 거의 다 입고해서 판매하고 있다. 대형 온라인 서점은 오프라인 지점은 없지만, 판매량이 상당하고 해외 주문까지 일임하고 있다. 예스24와 알라딘이 가장 대표적인데, 두 서점 모두 오프라인에 매장이 있긴 하지만 교보문고에 비하면 아직 규모가 작은 편이다.

중소형 서점은 대학가, 초·중·고등학교, 혹은 아파트 밀집 지역 등에 있는 종합 서점을 생각하면 된다. 일반 단행본을 함께 판매하고 있긴 하지만, 주로 문제집이나 학습지, 수험서 등을 중심으로 매출을 올리는 곳이다. 온라인에도 중소형 규모의 서점이 많다. 이 서점들은 대형 온라인 서점의 유통망을 이용해 판매하거나, 간혹 출판사들과 직거래 계약을 맺기도 한다. 지금 가장 유명한 베스트셀러 중 하나를 포털사이트에 검색하고 '책', '도서' 등의 탭에 들어가 보면 굉장히 많은 온라인 서점에서 해당 책을 판매하고 있는 걸 확인할 수 있다.

이러한 서점들과 명확하게 구분되는 곳이 바로 독립서점이다. 독립서점은 정확하게 말해 큐레이션 책방이다. 왜 큐레이션 책방이라고 말하는지는 이번 챕터 뒤에 바로 이어지는 부산 '나락서점' 대표님과의 인터뷰에 잘 나타나 있으니 미리 보고 오셔도 좋다. 독립서점은 큐레이션 책방이자, 독립출판물을 판매하는 유일한 서점이기도 하다. 많이 오해하시는 부분 중 하나가, 독립서점에서는 독립출판물'만' 판매한다고 생각하는 점이다. 아무래도 서점 앞에 '독립'이 붙으니 오해하기 쉽지만, 독립서점도 기성 단행본을 판매하고 있다.

독립서점은 독립출판물 창작자에게 중요한 공간이다. 만약 No-ISBN 독립출판물을 만들었다면 해당 도서와 독자가 만날 수 있는 유일한 창구가 바로 독립서점이기 때문이다. 만약 독립서점이 없었다면 내 책은 한정된 범위, 즉 가족이나 친구 등 가까운 사람 위주로 전달됐을 것이다.

독립서점의 가장 큰 특징은 각 서점 운영자가 손님들과 지속적으로 소통한다는 점이다. 모임을 열어서 운영하고, 입고하는 모든 책을 다 읽은 후 소개하고, 때로는 추천까지 하고 있다. 운영자가 인상 깊게 읽은 책은 포스트잇을 표지에 붙여 광고 문구를 직접 쓰기도 하고, 샘플북에 밑줄을 그어서 손님들이 금방 빠져들게 만들기도 한다. 그래서 오프라인 대형 서점에 방문했을 때 느끼는 감상과 독립서점에 방문했을 때 느끼는 감상은 확연히 차이 난다.

독립서점의 이러한 특성은 책 매출 상승에 크게 작용한다.

출판사를 설립해 대형 서점과 거래하면 판매량이 급상승할 것 같지만, 전혀 그렇지 않다. 대형 서점도 결국 대형 출판사나 중견 출판사 위주로 마케팅에 집중하고, 광고 비용을 받은 매대 판매에 힘을 기울일 수밖에 없다. 보장된 매출에 기대야 큰 시스템을 유지할 수 있기 때문이다. 작은 출판사에서 베스트셀러가 소위 '터지지' 않는 이상, 대형 서점 매출은 생각보다 적다. 오히려 독립서점에서의 매출이 대형 서점 몇 배를 웃돌 때가 있다.

당연히 독립서점 한 곳, 한 곳의 매출은 미미하다. 하지만 거래 중인 독립서점을 하나의 덩어리로 묶어서 살펴보면 책 판매량이 상당한 걸 확인할 수 있다. 실제로 발코니 출판사도 2022년 한 해 결산을 내어봤을 때, 독립서점 전체 판매량이 대형 서점 판매량의 두 배 이상(교보문고, 알라딘, 예스24 등 3사 대비)이었다. '작은 책방에서 팔려야 얼마나 팔리겠어?' 하며 독립서점과의 거래를 지양하려 했다면 다시 생각해보길 바란다. 독립서점이 주변 커뮤니티에 미치는 영향력은 독자의 입장에서 생각했던 것보다 훨씬 크다.

우리 동네 독립서점은 어디에 있을까?

독립출판물 제작했거나 제작 예정 중이라면 '나와 결이 맞는 독립서점'을 찾아야 할 텐데, 정보를 얻기가 쉽지 않다. 만약 평소에 '인스타그램'을 사용하지 않았다면 지금이라도 가입해서 계정을 하나쯤 만들어두는 게 좋다. 식당이나 카페에서 인스타그램 계정을 운영하는 것처럼 전국의 독립서점들은 각자의 인스타그램 계정을 만들어 운영하고 있다. 해시태그 '독립서점'을 검색해서 한 서점 계정에만 들어가도 연결된 여러 곳을 살펴볼 수 있다.

내가 살고 있는 지역뿐만 아니라, 전국의 독립서점 계정을 며칠간 두루두루 관찰해야 한다. 이 서점은 어떤 책을 주로 입고하는지, 그 책과 내 책은 어떤 공통점이 있는지, 서점 계정을 태그한 손님들은 평소에 어떤 책을 인스타그램에 인증하고 있는지 등을 천천히 살펴본 후 스스로 리스트를 만들면 된다. 엑셀 파일로 정리하면 가장 좋다. 서점 연락처와 정확한 주소, 분석한 정보 등을 잘 정리해두면 첫 책에 이어 다음 책을 입고할 때도 전략적으로 활용할 수 있다.

만약 인스타그램 활용이 정 어렵다면 참고할만한 온라인 사이트가 있다. 『Good Afterbook』 초판 집필일 기준으로, 주소창에 'https://www.bookshopmap.com'을 치면 '동네서점'이라는 플랫폼이 나온다. 이곳에서 지역별, 서점 특성별로 독립서점 검색이 가능하며, 위치나 주소까지 상세하게 조회할 수 있다. 다만, 리스트에는 있지만 실제로 폐업한 서점이 있을 수 있고, 간혹 위치와 연락처가 다를 수도 있으니 추가로 확인하며 비교해봐야 한다.

인스타그램, 동네서점 플랫폼 등 정보가 공유되는 곳은 꽤 많다. 그러나 중요한 건, 그 정보들을 바탕으로 나만의 리스트를 잘 짜야 입고도 원활히 할 수 있다는 점이다. 과거에는 거리 곳곳을 다니면서 발품을 파는 게 당연했다면, 이제는 손이 부지런해야 한다. 온라인으로 정보를 쉽게 찾을 수 있지만, 정말로 '찾아내는 것'만 쉬울 뿐이다. 찾아낸 정보를 수집하고 분석한 뒤 정리하는 건 오롯이 창작자의 몫이다. 각 독립서점의 특징이나 장단점을 '여기 있습니다' 하고 냉큼 내어주는 사람은 없다. 직접 몸을 움직이는 것만큼 손을 부지런히 움직여 리스트를 구성하길 바란다.

독립서점에 입고하려면 어떻게 해야 할까?

독립서점 리스트를 다 짰다면, 가장 먼저 해야 할 일은 현재 그 서점에서 신간 입고를 받고 있는지 확인해야 한다. 신간 입고를 받지 않는 곳은 인스타그램 계정 프로필 화면이나 서점 홈페이지 등에서 명확하게 밝히고 있다. 이런 서점은 입고할 책을 운영자 개인이 직접 찾아 나서는 곳이니 입고 문의를 별도로 넣지 않는 편이 좋다. 간혹 '그래도 혹시나', '그래도 한 번쯤은'이라는 생각으로 들이밀어 보는 분이 있는데 그러지 말았으면 한다. 우연히 발견했을 때 좋게 볼 책도 나쁘게 보일 위험이 크다.

　　입고 문의를 받지 않는 서점을 제외하고 나머지 서점에는 이메일로 문의하면 가장 좋다. 후에 나락서점 대표님과의 인터뷰에서도 볼 수 있겠지만, 예고 없이 방문해서 문의하는 건 추천하지 않는다. 책도 상품이긴 하지만, 다른 물품에 비해 직감에 기대어 판단하기 어려운 품목이다. 어떤 책인지, 누가 썼는지, 그 저자는 어떤 문장을 구사하는지, 서점 손님들이 환영할 만한 내용인지 등을 천천히 살펴야 한다. 그런데도 무작정 서점에 들어가서 "제 책을 소개합니다!"라고 하면 그것만큼 불청객이 없다. 이메일로 책 소개와 함께 입고 가능 여부를 물어봐도 충분하다.

독립서점은 특별한 경우가 아닌 이상 대부분 개인 창작자(소규모 출판사 포함)와 직거래 계약을 맺고 있다. 이에 서점에 먼저 이메일을 보내지 않는 이상, 내 책을 알아서 찾아주지는 않는 편이다. 이메일을 보내는 게 처음엔 어색하고 어려울지라도 용기 내 소개해보길 바란다. 신간 안내문을 워드프로세서로 깔끔하게 작성해서 파일로 첨부하고, 이 서점에 입고하고 싶은 이유를 이메일 본문에 간단히 덧붙여주면 더욱 좋다. 이메일을 보내고 나면 1~2주 안에 입고 가능 여부가 도착할 것이다. 그때 거래 조건을 확인하고 본격적인 첫 거래를 시작하자.

신간 안내문은 어떻게 쓰면 좋을까?

방금 이메일에 '신간 안내문을 워드프로세서로 깔끔하게 작성'하라고 했는데, 이 신간 안내문은 내 책을 서점에 입고시킬 수 있느냐 없느냐를 가르는 중요한 문서다. 한컴오피스 한글이나 MS오피스 워드 등을 이용해 텍스트 문서를 하나 만들어 첨부하면 된다. 신간 안내문 안에 포함될 내용은 아래와 같다.

· 도서 기본 정보

책 제목(부제 포함), 저자, 도서 크기, 출간일, 정가, ISBN(없을 시 생략) 등 책의 가장 기본적인 정보들을 담으면 된다. 도서 크기는 '신국판, 4·6판' 등 판형의 이름을 쓰지 말고 가로와 세로 길이가 정확히 몇 mm인지 기입해야 한다. 출간일이나 정가는 임의로 선택하지 말고 판권지에 기록된 정보를 그대로 입력해야 한다.

· 책 소개

책마다 다르겠지만, 책 소개는 너무 짧지도 너무 길지도 않게 쓰는 게 좋다. 발코니 출판사는 책 소개를 되도록 공백 포함 500자 내외에서 조절하고 있다. 핵심만 간결하게 담되, 책이 전하고자 하는 메시지나 기획 의도가 잘 드러나도록 노력하고 있다. 당연히 어렵다. 어렵지만 최대한 다듬고 다듬어서 내 책의 매력이 잘 드러나게

독자와 만나기

써보길 바란다. 만약 너무 어렵다면 다른 책들의 책 소개
문구를 조금씩 참고하는 것도 좋다.

· 저자 소개

저자 소개는 두 가지 방법이 있다. 첫 번째는 실제 도서에
인쇄한 저자 소개 문구를 그대로 사용하는 방법, 두
번째는 해당 문구 외에 추가로 스스로를 설명하는 방법
등이다. 발코니 출판사는 독립서점 입고 시 두 가지
방법을 적절히 섞어서 사용하고 있다. 실제 도서에 인쇄한
저자 소개 문구를 먼저 넣고, 저자에 대한 상세 소개를
덧붙이는 방식이다.

실제 도서에 인쇄한 저자 소개 문구는 대체로
간결한 편이다. 이에 저자의 책을 처음 거래하려는
입장에선 조금 더 구체적인 정보가 전달될수록 판단하기
쉽다. 저자가 그동안 어떤 활동을 했는지, 주로 쓰는
글은 어떤지, 직업은 무엇이며, 특정 직업이 없다면 어떤
작업을 해왔는지 등을 추가한다. 이력서처럼 딱딱한
정보가 아니더라도 평소에 어떤 작업을 추구했고 어떤
생각으로 살아가는지를 간단히 덧붙이면 독립서점에서도
저자를 어렴풋이 그려볼 수 있다.

· **목차**

실제 도서의 목차를 기록하면 되는데, 페이지 번호까지는
기입하지 않아도 된다. 아울러 산문집처럼 수십 편의
꼭지로 구성된 책이라면, 각 꼭지마다 행갈이를 하는 게
아니라 '/' 같은 기호로 나눠주는 게 더욱 깔끔하다.

· **책 속으로**

책에 등장하는 문장이나 문단을 추려서 실어낸다. 일종의
영화 예고편이라 생각하면 된다. 사람들이 관심 가질만한,
혹은 집필하거나 편집하면서 '이런 부분은 좀 더 강조하고
싶다' 했던 부분을 추려서 8~10편 실어낸다. 몇 편을
실어낼지는 개인의 선택이지만 너무 많이, 한 몇십 편
가득 실어내는 건 추천하지 않는다. 다다익선이 아니라
과유불급이다.

· **추천사**

책 추천사를 받았다면 해당 추천사 전문, 혹은 일부를
옮겨 쓴다. 발코니 출판사는 책의 추천사가 공백
포함 400자 내외라면 전문을 싣고, 그 이상 넘어가면
일부만 요약해서 기록한다. 책의 추천사는 일종의 '사전
독자평'에 가깝다. 책을 먼저 읽은 사람들이 짚어주는
포인트는 잠재 독자를 향한 셀링 포인트가 된다. 이에
추천사를 받았다면 이곳저곳 미리 보여주는 게 좋다.

입고 전 알아야 할 사항은?

독립서점에 입고하기 전 미리 알아둬야 할 것이 있다. 바로
정산 방식과 판매수수료다. 정산 방식은 판매 후 정산, 그리고
입고 시 정산 등 크게 두 가지로 나뉜다. 전자의 경우 대부분의
독립서점에서 취하고 있는 방식이며, '위탁 판매'라고도 부른다.
입고된 책이 팔리고 나면 저자나 출판사에 판매분 수익금을
입금한다. 이때 정산 주기는 매일, 한 달, 분기, 연 단위 등
서점마다 상이하다. 서점의 정산 주기는 해당 서점에서 먼저
상세히 알려주고 있으니 엑셀 파일 등에 미리 따로 기록해두는
편이 헷갈리지 않는다.

입고 시 정산은 '현금 매입' 혹은 '선매입' 등으로 부르는데,
판매하기 전에 미리 정산하는 시스템이다. 현금 매입은 각 서점이
판단했을 때 판매가 보장된 것 같은 책에 주로 적용하는 방식이라
생각하면 된다. 똑같은 출판사와 거래하고 있더라도 어떤 책은
위탁 판매로 진행하고, 어떤 책은 현금 매입으로 진행하는 경우도
있다. 또한, 각 독립서점마다 해당 서점에서 인기 있는 창작자는
현금 매입으로 거래하고, 그 외 창작자는 위탁 판매로 거래할 수도
있다. 따라서 책을 입고할 때마다 이번 책의 정산 방식은 어떠한지
꼼꼼히 기록해두자.

판매수수료는 정산 방식에 따라 다르다. 위탁 판매는
보통 도서 정가의 30%를 서점에서 수수료로 책정하고 현금
매입은 도서 정가의 35%~40%를 수수료로 책정한다. 예를 들어,

내 책 정가가 1만 원이라면 판매수수료는 최소 3천 원, 최대 4천 원이 되는 셈이다. 첫 거래를 앞두고 이 수수료 때문에 망설이는 창작자가 가끔 있다. 내 손으로, 내 돈 들여서 만든 책인데 왜 서점에 수수료 명목으로 떼어줘야 하는 건지 이해할 수 없는 것이다.

하지만 독립서점은 그저 내 책이 잠깐 들렀다 지나가는 곳이 아니다. 독립서점은 앞서 설명했던 것처럼 독립출판물 창작자의 든든한 파트너다. 독립서점이 없었다면 독립출판물이라는 존재도 지금처럼 폭넓게 자리 잡지 못했을 것이며, 『Good Afterbook』도 만들어질 이유가 없었을 것이다.

만약 독립서점 수수료가 아까워서 창작자 혼자 책을 판매한다고 가정해보자.

초판 500부 책 발행과 동시에 가장 먼저 지인들 위주로 책을 판매할 것이다. 카드 결제가 따로 되지 않으니 현금이나 계좌이체로 책을 판매해야 한다. 그러다 멀리 사는 지인이 택배로 보내 달라고 한다. 다섯 권 살 테니 우체국 택배로 가능하냐고 묻는 것이다. 그럼 배송비를 받아야 할지 말지 고민되기 시작한다. 한 권이면 배송비를 받겠는데 '그래도 다섯 권이나 사주니까...' 하고 고민하다가 그냥 배송비 없이 보낸다.

본인이 정말 유명한 작가나 공인이 아닌 이상 주변 지인들은 생각보다 책 구매에 마음이 열려 있지 않다. 게다가 서점이나 다른 유통사를 거치는 것도 아니고, 스스로 만들어서 스스로 판매하는 거라 제대로 된 책일지 의심하는 사람들도

의외로 많다. 이런 상황에도 불구하고 운 좋게 1백 권 정도 팔았다고 생각해보자. 다 팔고 4백 권의 재고가 남았다. 이제 어떻게 해야 할까? 지인이 아닌 일반 독자를 슬슬 구해봐야 할 텐데. 사업자 등록증 없이도 온라인 판매 페이지를 열 수 있는 네이버 스마트스토어를 개설한다.

판매 페이지에 업로드할 여러 이미지를 겨우 다 제작하고 스마트스토어도 열었다. 주문이 들어오면 택배로 발송할 일만 남았는데 뭔가 이상하다. 하루, 이틀, 사흘이 지나도 주문이 안 들어온다. 인스타그램이나 트위터, 심지어 페이스북에 게시물로 알려도 마찬가지다. 이유는 하나다. 주변에 책을 사줄 만한 사람은 이미 다 샀기 때문이다.

그러다 택배로 책을 받았던 지인으로부터 연락이 온다. 책에 파본이 있다고 한 권만 교환해 달라고 한다. 파본은 창작자의 책임이니 교환 배송비를 받으면 안 될 것이다. 우체국 택배 왕복 배송비 9천 원이 공중으로 날아간다.

너무 과장된 것 아니냐고 말할 수도 있겠지만, 모두 실제 경험담을 바탕으로 구성된 내용이다. 애초에 판매 목적의 책이 아니라면(개인 기록 및 기념 등의 목적으로 만든 책이라면) 혼자 보관하고 처리하면 그만이지만, 판매 목적으로 만든 책을 굳이 독립서점을 중간에 끼지 않겠다고 하는 건 복잡한 상황을 스스로 자초하는 것과 같다.

앞서 나열한 정도의 수고가 일상에 깃들어도 상관없다면 독립서점 유통을 하지 않아도 괜찮다. 하지만 당장 만든 첫 책은 마음씨 좋은 지인들께서 사주셨을지 모르지만, 다음 책과 그다음 책까지 구매해 줄 지인은 거의 없다. 다시 한번 강조하지만, 대부분의 사람들은 책 구매에 너그럽지 않다. 창작자의 인적 네트워크만으로는 매번 책을 판매하기 힘들다.

이처럼 창작자가 다 감당할 수 없는 일을 독립서점에서 맡아주고 있다. 모든 독립출판물 한 권, 한 권에 대해 여러 가지 업무를 담당한다. 판매는 물론, 입고와 반품, 교환, 배송, 매대 노출, 책 소개, 행사 진행 등 책에 필요한 일들을 수행하고 있다.

"어떤 독립서점 인스타그램 보니까 책 소개 잘 안 하던데요?"라고 말씀하실 수도 있다. 그러나 책 소개는 비단 온라인에서만 이뤄지는 게 아니다. 독립서점을 처음 방문한 손님 중에 책방 대표님께 책 소개를 부탁하는 분들이 꽤 많다. 만약 내가 만든 책이 그 손님과 꼭 맞다 싶으면 서점에서 내 책을 적극 추천할 것이다. 그렇게 내 책의 독자 한 명이 탄생하는 것이다.

그 밖에도 독립서점은 카드 결제 수수료부터 재고 관리 비용, 배송에 필요한 포장재 구매 등 책 판매를 위한 여러 비용을 지출하고 있다. 이러한 사안을 모두 고려해보면 책 1권당 30% 내외의 수수료 범위가 그리 과도한 금액은 아니지 않을까 한다. 참고로 독립서점보다 수십 배 많은 책을 판매하는 대형온라인서점은 40%, 도소매유통사는 최대 50%까지 수수료를 책정하고 있다. 이에 비하면 독립서점의 판매수수료는 꽤 합리적인 수준이라 할 수 있다.

그러러니 하고 그냥 군소리 없이 팔라는 말은 전혀 아니다.

어디까지나 개인의 판단에 맡기는 부분이며, 꼭 독립서점에
입고할 이유가 없다고 생각되면 스스로 판매해도 된다.

대형 서점과 거래하기

교보문고, 예스24 등의 대형 서점과 원활히 거래하려면
73페이지에서 설명한 것처럼 출판사를 설립하고 배본사 계약까지
무사히 마친 상태여야 한다. 각 서점의 홈페이지에서 신규 거래
안내 절차에 따르거나, 직접 전화해 신규 거래를 희망한다고
말해야 한다. 거래 계약 과정은 크게 복잡하지 않다. 공급률을
조정하고 계약서에 사인해서 서로 주고받으면 되는데, 이때
공급률 조정이 가장 큰 관문이다.

공급률은 도서 정가에서 판매수수료를 제외한 금액 비율을
말한다. 예를 들어, 판매수수료가 40%라면 공급률은 60%다. 처음
결정한 공급률은 다시 바꾸기 어렵다. 계약 조건 자체를 바꾸는
과정이라서 처음 결정된 공급률이 꾸준히 유지되는 게 보통이다.
이에 **처음 계약할 때 공급률을 확실히 조율해야 한다.** 대형
서점의 공급률은 출판사마다 다르다. 대개 60%~70% 범위 안에서
결정된다. 10% 차이가 크지 않다고 생각할 수 있지만, 도서 정가가
15,000원이 훌쩍 넘는 시대에 10%면 권당 1,500원의 차이다.
이 차이가 10부, 100부로 넘어가면 눈덩이처럼 커진다. 시간과
노력이 들더라도 공급률을 1%라도 더 확보하자.

계약서 사인을 마치고 나면 현재까지 출간된 책을 몇 부 정도 입고할지 서점 측 MD분들이 결정한다. 그 결정에 따라 책을 공급하면 본격적인 유통이 시작된다. 추후 신간이 나오면 신간 안내문을 도서 분야별(소설, 시, 에세이 등) 담당자에게 이메일로 보내거나, 신간 정보 수집 대표 이메일로 보낸다. 어디로 보낼지는 각 서점마다 다르니, 계약 후 안내받는 순서에 따라 진행하면 된다.

대형 서점에 보내는 신간 안내문은 독립서점에 보내는 신간 안내문과 거의 흡사하다. 가장 좋은 방식은, 각 대형 서점 온라인 판매 페이지에 들어가서 책 한 권을 클릭한 후, 그 책을 어떤 순서로 소개하고 있는지 보는 것이다. 대개 '책 소개' 항목을 상위에 노출시키고 있는데, 그다음 순서는 업체마다 다르다. 어떤 곳은 저자 소개를 먼저 올릴 때가 있고, 또 어떤 곳은 목차를 먼저 올릴 때가 있다. 서점이 추구하는 순서에 알맞게 신간 안내문을 구성해서 전달하면 된다.

신간 소개 시 교보문고의 경우, 추가로 작업이 필요하다. 바로 출간된 도서의 분야별 구매담당자와 신간 배본 부수를 결정해야 한다. 새롭게 출간된 도서를 교보문고 측에서 몇 부를 들일지 결정하는 과정이다. 교보문고 본사와 가까운 곳에 있다면 본사에서 대면 미팅을 진행하기도 하지만, 발코니 출판사처럼 지역에서 출판하고 있거나 부득이 본사까지 가지 못할 경우 전화 및 이메일 논의도 가능하다. 중요한 건, 반드시 신간 배본 부수를 담당자와 논의해야 한다는 점이다. 최종 부수가 협의되면 교보문고는 지점별로 책을 배부하고, 판매를 시작한다.

　　세 번째 챕터에서 내 책의 정가를 결정하는 방법에 대해 이야기했는데, 대형 서점 거래 시 고려해야 할 항목이 하나 더 있다. 2023년 초부터 교보문고 온라인, 알라딘, 예스24 등 국내 대형 서점 3사가 무료 배송 정책을 바꿨다. '10,000원 이상 구매 시' 무료 배송을 '15,000원 이상 구매 시'로 변경했다. 따라서 내 책이 만약 15,000원 미만이라면 소비자는 내 책'만' 살 경우 배송비를 따로 지불해야 한다. 대형 서점을 내 책의 주요 판매처로 삼을 계획이라면 이러한 상황을 종합적으로 고려해야 한다.

대화 3
: '나락서점' 대표 '박미은'

박미은 대표는 2019년, 부산에서 독립서점 '나락서점'을 열었다. 개성 있는 큐레이션, 모두가 평등한 모임 등을 꾸준히 이어온 덕분에 고정 손님이 갈수록 느는 추세다. 발코니 출판사는 첫 단행본 『부전승 인생』 입고 후 나락서점과 인연을 이어오고 있고, 최근엔 나락서점과 함께 리커버 프로젝트 '책의 담요'도 진행했다. 박미은 대표는 나락서점을 운영하는 것과 동시에 독립출판사를 열어 지금도 각종 창작물을 제작하고 있다.

나락서점, 그리고 대표님 소개 부탁드립니다.

저는 나락서점을 운영하고 있는 박미은이라고 하고요, 나락서점은 부산 남구 문현동에서 2019년부터 자리 잡은 독립서점입니다. 환경·여성·인권·기후에 관련된 큐레이션으로 책들을 많이 소개하고 있어요. 서점의 정확한 주소는 '부산광역시 남구 전포대로110번길 8, 지하1층'입니다.

인터뷰를 위해 서점에 있는 독립출판물을 한 번 세어봤는데, 2023년 4월 기준으로 나락서점에는 540여 종의 독립출판물이 있습니다. 아무래도 제가 독립출판을 먼저 해보고 독립서점을 연 사람이라서 독립출판물에 대한 애정이 많아요. 그래서 최대한 많은 독립출판물을 소개하고 싶다는 생각으로 책방을 운영하고 있습니다.

독립서점이라는 개념에 대해 아직 이해가 어려운 분들을 위해, 독립서점이 무엇인지 설명 부탁드립니다.

우선 '독립출판물'을 입고해서 판매할 수 있는 서점이 바로 독립서점이고요, 기성 대형 서점과 가장 큰 차이는 큐레이션입니다. 대형 서점에 가보면 인문·여행·어학·소설·에세이 식으로 책들이 분류돼 있는데 독립서점 같은 경우에는 책방마다 다 다른 방식으로 큐레이션하고 있어요.

큐레이션 책방의 장점은 '선별된 책'을 고를 수 있다는 점입니다. 요즘 정말 '바쁘다 바빠 현대사회'잖아요? 그래서 사람들이 선택하는 것에 대한 부담이 굉장히 커졌어요. 선택지에 관한 정보들도 워낙 많고요. 시간은 없고 정보량은 과다한 상황에서 내 선택을 좀 더 용이하게 해준다는 점이 독립서점의 장점입니다. 이 장점 때문에 손님들이 많이 사랑해주시기도 하고요.

그리고 독립서점은 각 공간마다 커뮤니티를 많이 운영합니다. 글쓰기 모임이라든지, 습관 만들기 모임, 필사 모임 등 다양한 모임을 통해서 지역 커뮤니케이션을 구성하고 있어요. 그 속에서 손님들은 공간이 주는 추억이나 좋은 기억들을 많이 안고 가십니다. 나락서점도 그렇고 다른 독립서점도 그렇고, 결국 취향이 비슷한 분들끼리 서점에서 꾸준히 만나게 되더라고요.

같은 목적으로 일하고 있는 회사에서도 단짝을 찾기 힘든 세상인데, 독립서점에서는 비슷한 취향을 기반으로 한 친구들을 많이 만날 수 있습니다. 저 역시도 단순히 한 공간의 사장이 아니라, 책방지기이자 손님의 친구로서 자리할 때가 많아요. 이런 경험과 연결이 축적되어 유지되는 곳이 바로 독립서점이 아닌가 합니다. 외로운 마음을 충족시켜주는 공간인 거죠.

독립서점이라고 해서 꼭 독립출판물'만' 입고하는 건 아니죠?

네, 독립출판물뿐만 아니라 여러 책을 들이고 있어요. 소위 베스트셀러 중에 나락서점 큐레이션에 맞는 책이 있다든가, 아니면 손님들이 찾는 책이 있다든가 하면 나락서점에 적극 입고하고 있습니다. 독립서점이라고 해서 뭔가 닫힌 시스템으로 운영되는 건 아니에요. 원하는 책이 있으면 얼마든지 요청할 수 있습니다.

참고로 나락서점은 도서관과 연계해서 1년에 한 번 지역 공공 도서관으로 독립출판물을 대량 납품하는 일도 하고 있어요. 아마 다른 지역의 독립서점과 공공도서관도 비슷한 일들을 하고 있을 거예요. 독립출판물이라는 게 이제는 좀 더 보편적인 콘텐츠가 되어서 지역민도 쉽게 찾을 수 있도록 공공도서관도 발 빠르게 움직이는 게 보입니다.

이처럼 독립출판 문화가 활성화되고 있는 건 독립서점의 영향이 가장 크다고 생각합니다. 대표님께서는 이 독립출판 문화, 혹은 독립서점의 존재를 언제 어떻게 알게 되셨나요?

제가 서점을 열기 전에는 직장 생활을 한 5년 했어요. 이 지역, 저 지역 옮겨 다니면서 근무하는 직장이었는데, 서울에서 1년 정도 지낼 때 독립서점을 알게 됐습니다. 당시 제가 살던 곳이 서울 소재 명지대학교 근처였어요. 어느 날 한 독립서점에 들어갔다가 경주에 관한 이야기를 쓴 책이 있었습니다. 독립출판물이었죠. 제가 유년 시절을 경주에서 보내서 그런지 책이 참 좋았습니다. 얇은 책이었는데 작가가 저랑 가까운 사람처럼 느껴졌고 제 이웃 같다고 느껴져서 좋았어요. 그때부터 여러 독립출판물을 살펴보니 어떤 책은 손바닥보다 작고, 또 어떤 책은 한 장짜리 책이기도 하는 등 책의 세계가 정말 다양하다는 걸 느꼈습니다.

한창 독립출판에 관심이 있던 차에 '나도 독립서점을 열어볼까?' 하는 마음으로 한 독립서점에서 진행하는 독립출판 제작 클래스를 들었어요. 사장님이랑 친해져서 이것저것 물어볼 요량이었죠. 그런데 서점 운영만 생각하던 제가 정신 차려보니 사람들이랑 같이 독립출판물을 만들고 있더라고요. 다들 옆에서 손뼉 치고 응원도 해주니까 덜컥 책까지 냈습니다. 그렇게 시작해서 독립출판 세계를 더 깊게 이해하고 지금 독립서점을 운영하고 있어요.

뭔가 흘러가듯이 도착한 것처럼 말씀하셨지만, 실제로 나락서점을 열기까지 고민과 고생이 많았을 것 같아요.

정말 많았습니다. 너무 많아서 다 말씀드리기는 힘들고, 가장 큰 문제는 서점 자리였어요. 우선 서점 자리를 찾으러 부동산에 들어갔을 때 제가 좀 어려 보였는지 다들 원룸 구하려 왔냐고 물어보시더라고요. 그래서 상가를 보러왔다고 하면 엉덩이도 떼지 않고 안 받아주는 중개인이 많았습니다. 보여주더라도 제대로 잘 안내해주지 않고 자주 저를 무시했고요. 그렇게 우여곡절 끝에 찾은 곳이 지금 나락서점의 자리. 지하 1층 자리입니다.

　　월세가 저렴하면서도 지하철역과 가까웠으면 했어요. 그런데 이 두 가지 바람은 서로 상충하는 것들이잖아요? 지금 나락서점 자리가 이 두 가지 바람을 딱 충족시켜주기는 하는데, 문제는 지하라는 점입니다. 어쩔 수 없었어요. 1층은 너무 비싸고, 2층은 1층의 반값이고, 지하가 제일 저렴했습니다. 가끔 나락서점을 처음 찾는 분들께서 "왜 지하에 있느냐"라고 하시거나 "찾기 힘드니까 1층이나 2층으로 이사했으면 좋겠다"라고 말씀하세요. 그럼 저는 꼭 답변드립니다. 그런 바람을 가지고 계시다면 여기서 책을 자주, 많이 사달라고요. 결국 공간 운영도 자본 논리에 따라 좌우되기에 책을 많이 사주실수록 나락서점도 지상으로 갈 수 있어요.

　　독립서점이 엄청난 수익이 되는 건 전혀 아니지만, 그래도 저는 직장 다니던 시절보다는 지금의 삶이 더 낫다고 생각합니다. 돈을 쟁취할 것인지, 시간을 쟁취할 것인지 둘 중 어디에 무게를 둘지에 따라 만족도가 다를 것 같다는 생각이 들어요.

현재 나락서점에 입고된 도서는 어떤 방식으로 선택하시는 편인가요? 기준이 있다거나 대표님 만의 선별 방법이 있을까요?

이메일로 도착한 입고 문의를 읽고 판단하거나, 책을 납품받을 수 있는 플랫폼에서 괜찮은 책을 골라내는 등의 과정을 가장 많이 활용합니다. 독립출판물이든 기성 단행본이든 가장 먼저 기준을 두는 건, 표지나 제목이 매력적이어서 제 책장에도 꽂아두고 싶은지예요. 내가 가지고 싶은 책은 남도 가지고 싶을 테니까요. 그러고 나서 책 내용이 어떤지, 작가님은 스스로를 어떤 사람으로 소개하고 계시는지 등을 살펴봅니다. 나락서점이 지향하는 점과 꼭 맞으면 한 번이라도 더 들여다보게 되는 것도 있습니다. 예를 들어, 콩기름 인쇄로 제작됐다든지, 재활용 종이를 사용했다든지, 책 포장을 친환경적으로 한다든지 등을 알려주시면 조금 더 마음이 가서 살펴보게 돼요.

그 밖에 제가 팔로우하고 있는 독립서점 인스타그램 계정을 둘러보다가 탐나는 책을 발견하면 작가님께 직접 연락드리기도 합니다. 서울에선 유명한데 부산엔 없는 독립출판물이 꽤 있어요. 그런 책들을 보면 여기 부산 독자님들께도 소개하고 싶어서 들이는 편입니다.

그리고 좀 특이한 방법일 것 같긴 한데, 평소에 저는 텀블벅을 자주 봐요. 둘러보다가 나락서점에서 판매해보고 싶은 책이 있으면 미리 연락을 드립니다. 완성되면 나락서점에 입고해주실 수 있냐고요.

그렇다면 입고하지 않는 책들의 기준도 따로 있을까요?

타인에게 해를 줄 것 같은 책은 들이지 않습니다. 물론 책 소개만으로 전체를 다 파악할 수는 없지만, 보내주시는 내용만으로도 '아 좀 유해할 수도 있겠다' 싶은 책들은 감이 오더라고요. 그런 책들은 정중히 거절합니다.

이미 나락서점에 입고된 책들이 잘 판매될 수 있게, 너무 겹치는 주제의 책도 입고를 지양하고 있습니다. 특히 여행 관련 책들이 그렇죠. 지금 인터뷰하고 있는 2023년에는 그나마 항공권이 풀리고 여행 가는 분들이 조금씩 늘고 있지만, 팬데믹 때만 하더라도 여행 서적 판매율이 엄청 저조했습니다. 딱 나락서점이 문을 연 지 1년이 안 됐을 때 코로나19가 창궐했거든요. 그런 와중에 안 그래도 좁은 나락서점 책장 안에서 비슷한 지역의 여행 책들이 서로 경쟁하게 둘 수는 없다고 생각했습니다. 그때부터 여행 서적은 되도록 지역이 겹치지 않게, 지역이 겹치더라도 반드시 이 책을 들일만한 이유가 있을 때 입고를 받고 있어요.

이메일로 입고 문의를 많이 하는 편인데, 이 이메일에는 어떤 것들이 첨가되면 좋을까요?

가장 중요한 것은 도서 소개입니다. 책 제목부터 내용, 저자 소개 등이 수록된 도서 정보를 보내주셔야 해요. 판형은 가로와 세로 각각 얼마인지, 가격은 얼마고 페이지 수는 얼마인지 등 기본적인 정보는 다 채워서 보내주시는 게 좋습니다.

이 책 정보는 워드프로세서로 간단히 작업하시면 됩니다. 회사 제품 소개 카탈로그처럼 PPT 슬라이드나 프레젠테이션 양식으로 만들어 주시는 경우가 있는데, 오히려 보기가 너무 힘들어요. 아마 나락서점뿐만 아니라 대부분의 독립서점이 간소한 양식을 선호할 겁니다. 핵심 정보만 깔끔하게 만들어서 주세요. 정말로 프레젠테이션보다 차라리 이메일 본문에 책 정보를 기입해 주시는 게 낫습니다.

책 정보와 함께 표지와 내지 이미지 파일도 같이 첨부해 주셨으면 해요. 내지는 특히 양쪽 펼침면을 jpg 파일로 5페이지 이상 첨부해주시면, 나중에 입고 후 나락서점 스마트스토어에도 등록하기 편합니다. 이 이미지 파일들은 너무 고용량으로 주지 않으셔도 괜찮아요. 화면으로 활자를 인식할 수 있을 정도만 돼도 충분합니다. 가끔 이미지 파일 하나에 10MB 이상으로 변환해서 보내주시는 분들이 있더라고요. 그럼 서점에서 어차피 또 추가 작업을 해야 해서 적당한 용량으로 주셔도 됩니다.

아참, 책 가격을 꼭 말씀해 주세요. 물론 책이라는 게 내 문학 세계가 담긴 작품이긴 하지만, 서점에서는 하나의 상품입니다. 가격을 말씀해주시지 않으면 곤란해요. 책을 만들 때도 뒤표지든 어디든 손님들이 책을 집어 들었을 때 확인할 수 있는 위치에 가격을 써주시는 게 좋습니다.

독립서점에 입고 문의를 처음 드리는 분들께서 궁금해하시는 부분 중 하나가 '메일 회신 여부'입니다. 모든 서점이 입고 수락이든 거절이든 확답을 주는 건 아닌 것으로 아는데, 이유가 무엇일지 설명해주실 수 있을까요?

솔직히 저도 독립출판을 먼저 했던 사람이라서, 처음엔 서점 회신이 없는 게 이해가 안 됐어요. 왜 읽고도 답을 안 주시지? 수락이든 거절이든 말씀을 해주셔야 내가 준비할 텐데 싶어서 좀 힘들었습니다. 그런데 제가 독립서점을 운영해보니 이게 말처럼 쉬운 일이 아니라는 걸 알게 됐어요.

나락서점은 입고 수락이든 거절이든 반드시 답을 보내드리려 하는데, 오늘도 제가 일주일 전에 놓친 이메일이 있더라고요. 서점 운영 햇수가 늘수록 입고 문의도 늘어서 잠깐만 손을 놓아서 수십 통이 쌓여버립니다. 그럼 일주일 전에 도착한 이메일도 제가 읽어놓고 답을 안 하는 경우가 생기는 거죠.

독립서점 운영자들이 아마 대부분 저처럼 일이랑 생활이 구분돼 있지 않을 거 같아요. 그래서 서점 밖에서 스마트폰으로 이메일을 확인할 때도 있고, 가족이나 친구랑 약속을 보내다가 확인할 때도 있습니다. 서점으로 돌아와서 정중히 답을 보내야 하니까 그 사이에 텀이 발생하는 거죠. 그렇게 회신이 늦을 때도 있고, 서점으로 돌아오는 사이에 답장을 깜빡할 때도 있습니다. 대형 서점처럼 시스템화되기 어려우니 공백이 생길 수밖에 없지 않을까 해요.

나락서점은 그래서 서점 입고 안내문에 '혹시 2주 동안 회신을 못 받았다면 꼭 다시 입고 문의를 해달라'고 말씀드리고 있습니다. 저도 지금도 꾸준히 독립출판물을 만드는 입장이라서 그 간절한 마음이 무엇인지 알아요. 아는데도 이렇게 놓칠 정도로 문의가 많이 들어오고 있습니다.

이런 이메일 입고가 답답해서 직접 독립서점에 방문해서 문의하는 경우도 있는데, 어떤가요? 저는 이런 방문 입고 문의 방식을 대부분의 독립서점이 선호하지 않는 것으로 알고 있습니다.

네, 선호하지 않아요. 약속 없이 찾아와서 하는 방문 입고는 정말 부담스럽습니다. 이메일 입고 문의 거절도 정말 한 자, 한 자 성의 있게 보내려고 노력하는 편이에요. 창작자께서 상처받지 않았으면 하는 마음에요. 제가 이렇게 이메일 한 통으로 거절해도 되나 싶게 자꾸 생각나는데, 방문 입고는 너무 힘듭니다. 표정도 숨길 수 없고, 책이 별로면 부정적인 말도 꺼내기 힘드니까요. 그렇게 밀어붙여서 책이 서점에 안착한다 해도, 책방지기가 마음을 다해 손님들께 추천할 수 있을까요? 거의 그럴 수 없을 겁니다.

방문 입고도 선호하지 않지만, 서점으로 덜렁 책을 보내는 행위도 지양하는 게 좋습니다. 가끔 나락서점으로 알 수 없는 택배가 와요. 본인 책을 책 소개와 함께 그냥 보내시는 겁니다. 한 번 읽어보고 연락을 달라는 뜻인데, 저는 사실 본인의 창작물을 그렇게 뿌리는 걸 고운 시선으로 보진 못해요. 저와 결이 달라서 입고하지 않습니다.

그 밖에 입고와 관련해서 미리 알려면 좋을 사항이 있을까요?

입고 문의 이메일을 보낼 때 '받는 사람'이나 '참조'에 수많은 서점을 쭉 다 쓰는 방식은 지양하는 게 좋지 않을까 합니다. 이메일을 수신한 입장에서는 제가 아는 서점, 제 옆 동네 서점 등이 주르륵 나열돼 있으면 기분이 묘하거든요. 우리 서점에 입고하고 싶은 이유가 뭘지 파악하려고 해도 온 동네 서점들이 다 있으니 알 수도 없습니다. 저도 사람인지라, 굳이 나락서점이 입고하지 않아도 다른 곳에서 가지고 갈 수 있겠구나 싶어서 깊이 보지 못해요.
　　　저도 독립출판물을 만들고 나서 입고 문의를 할 때, 한 서점에 한 통씩 보냅니다. 왜냐면 독립서점에 입고한다는 건 '살포'가 아니라, '선택과 집중'이라 생각하거든요. 내 책과 어울리는 독립서점을 고르고, 그 서점에 이 책이 들어갔으면 하는 이유를 말할수록 입고가 잘 되는 편입니다. 물론 제 개인적인 생각일 수도 있어요. 하지만 공간을 운영하는 입장을 한 번 가만히 생각해보는 것도 좋겠습니다.

입고하고 나서 책도 판매가 됐습니다. 나락서점에서는 창작자에게 정산 후 계산서 등을 요청하고 있는데, 유형별로 무엇이 다른가요?

일단 사업자등록증이 있는 출판사나 창작자에겐 계산서 발행을 요청합니다. 이때 계산서는 간이계산서 같은 게 아니라 홈택스를 통한 정식 발행이지요. 사업자등록증이 없는 창작자에겐 주민등록번호를 입고 때 미리 요청합니다. 나락서점은 해당 창작자 도서를 판매한 후, 주민등록번호를 이용해 원천세를 신고해요. 이렇게 하지 않으면 나락서점이 1만 원 정가의 도서를 판매하면 1만 원 수익이 그대로 발생한 것처럼 세금이 신고됩니다. 공급자가 신고해야 할 금액을 서점이 대신해드리는 셈이라 생각하시면 됩니다.

아마 나락서점 말고도 대부분의 서점이 계산서 발행 가능 시 30%, 발행 불가능 시 35%의 판매 수수료를 책정하고 있을 거예요. 발행 불가능 시 수수료가 조금 더 높은 이유가 바로 원천세 신고 과정 때문에 그렇습니다. 몇몇 서점은 사업자등록증이 없는 창작자에게 현금영수증을 요청할 때도 있어요. 각 서점이 추구하는 방식에 따라 움직여 주시면 됩니다.

정산 관련 특수한 경우도 있다고 하셨는데, 어떤 경우인가요?

자주 있는 건 아니지만, 공무원 신분으로 독립출판물을 제작하시는 분들이 있어요. 물론 소속 기관에 겸업 허가를 신청하고, 그게 승인된 분들은 괜찮지만, 그런 절차 없이 몰래 내는 경우가 정말 드물게 있습니다. 이처럼 정산 관련해서 내가 좀 특수한 상황에 있으면 거래 서점에 미리 알려주셔야 해요.

발코니 출판사는 나락서점에 신간을 입고할 때 샘플북을 포함하는 편인데, 이 샘플북을 나락서점에서는 어떻게 활용하시는 편인가요?

나락서점은 제가 먼저 샘플북을 다 읽고 판매 포인트를 잡고 있습니다. 어떻게 소개할 것인지 고민할 때 샘플북이 아무래도 편하죠. 새 책을 이리저리 넘기면서 고민하면 때가 탈 수밖에 없으니까요. 그래서 만약 샘플북을 보내주실 수 있으면 판매하기 어려운 파본이나 표지에 흠집이 있는 것들로 보내달라고 말씀드립니다. 물론 샘플북이 필수는 아니라고 말씀드려요.

감사하게도 샘플북을 주시면 인덱스 스티커도 붙이고, 밑줄도 그어서 서점에 전시합니다. 이렇게 포인트를 잡아놓으니 손님들께서도 좋아하시더라고요. 책의 하이라이트를 쭉 읽고 그 책을 구매할지 말지 판단하기 쉬워서 그런 것 같습니다.

나락서점은 독립출판물이 절판에 들어간다고 하면 샘플

북까지 꼼꼼히 다 팔아서 정산해드리고 있습니다. 샘플북은 10% 할인해서 손님들께 판매하는데, 오히려 제가 그은 밑줄이나 인덱스 스티커가 있는 상태를 좋아하는 분들도 꽤 많습니다.

요즘은 독립서점도 자체 출판사를 설립해 창작 활동을 겸하고 있습니다. 대표님도 자체 출판사를 통해 여러 책을 내고 계신 것으로 알고 있는데, 창작자로서의 '박미은' 작가를 소개한다면 어떻게 말씀하실 수 있을까요?

저의 첫 책은 주택살이 에세이 『우리가 사는 집은 마당에 꽃과 고양이가 있어야 해요』였어요. 사실 첫 책으로 쓰려고 했던 이야기는 따로 있었습니다. 제가 직장 생활할 때 너무 힘든 1년이 있었어요. 그 시절을 내가 한 번 정리하는 식으로 책을 쓰고 떠나보내자 싶었는데, 막상 글로 쓰려니 기억이 하나도 안 났습니다. 좀 충격이었어요. 너무 힘든 기억이라는 감정은 있는데, 어떤 일들이 있었는지 일말의 흔적도 없더라고요.

그때 이후 기록의 중요성을 깨달았습니다. 매일이든 매일이 아니든 내가 중요하게 생각한 지점을 기록하는 습관을 들였어요. 그 기록들이 모여서 『우리가 사는 집은 마당에 꽃과 고양이가 있어야 해요』가 될 수 있었던 거죠. 이 책 이후로도 저는 기록의 힘을 잊지 않고 있습니다.

앞으로도 제 흔적을 기록해서 책을 만드는 작업을 멈추

지 않을 거예요. 대신, 대량으로 책을 만드는 게 아니라 소량으로 조금씩 만들 생각입니다. 때로는 손으로 바인딩하는 책도 만들 거예요. 그렇게 부담을 줄이고 오래 조금씩 이어가는 게 저에게 맞는 방식 같습니다.

저는 책방지기이지만, 입고하는 창작자들의 마음도 이해하는 사람으로 남고 싶어요. 제가 독립출판물을 먼저 만들고 서점을 연 만큼, 창작자들의 입장을 항상 이해하는 사람이 되고 싶습니다. 그래서 꾸준히 계속 만들 거예요. 책을.

지금 독립출판을 꿈꾸고 있는 창작자, 혹은 예비 창작자분들을 위해 독립서점 대표님으로서, 혹은 같은 창작자로서 전하고 싶은 말이 있을까요?

세 가지를 말씀드리고 싶습니다. 가장 중요한 첫째, 독립출판물을 많이 읽어보고 독립출판의 세계를 사랑하는 사람이어야 타인에게도 사랑받는 독립출판물을 만들 수 있습니다. 이 세계를 이해하고 사랑하지 않은 상태에서 만든 책은 환영받기 어렵지 않나 해요.

그리고 둘째, 혼자 만드는 것도 좋지만 독립서점이든 또 다른 곳이든 어딘가에서 진행하는 클래스에 한 번은 가시길 바랍니다. 글 모임도 좋고, 출판 클래스도 좋아요. 주변에서 함께 끌어주는 사람들을 만나면, 저처럼 서점 운영만 생각했던 사람도 책

181

을 낼 수 있습니다.

　　마지막으로, 완벽해지려고 하지 말라는 말씀을 드리고 싶습니다. 오타도 꼭 나오고, 부족한 점도 분명히 보일 거예요. 마음의 힘을 조금 빼고 작업해 주세요. 모든 게 완벽할 수 없을뿐더러, 모든 게 완벽한 건 독립출판의 매력이 아닙니다.

독립출판과 세금

독립출판과 세금

독립출판과 세금

독립출판과 세금

독립출판과 세금

출판물 판매와 세금

출판물 판매와 세금 이야기를 시작하기에 앞서, 다시 한번
강조하고 싶은 지점이 있다. 이 책은 각 독자의 특수한 상황을
세밀하게 살펴볼 수 없는 상태에서 집필되고 있다. 따라서 평소
받았던 질문들 중 가장 많이 반복됐던 것들 중심으로 추리고,
그에 대한 답을 '보통의 경우'에 한정해서 서술하려 한다. 지금
당신이 겸업 가능한 직종에 있는지, 프리랜서로 활동하고 있는지,
공무원이거나 공무원에 준하는 직장에 다니고 있는지 등을 알
수 없다. 보통의 경우, 그러니까 책으로 인한 수익이 발생할 때
국세청에 신고만 제대로 하면 되는 경우에 한정해서 이 책은
출판물 판매와 세금 분야를 설명하고 있다는 점 참고 부탁드린다.

독립출판물도 세금을 내야 할까?

독립출판물과 세금 관련해서 가장 많이 하는 오해가 44페이지에도
설명했듯이, No-ISBN 도서를 면세 품목으로 생각하고 있다는
사실이다. 누차 강조하지만 No-ISBN 독립출판물은 '책'이
아니라 '인쇄물'이다. 도서정가제를 따르지 않는 과세 품목이다.
하지만 '책은 면세 품목'이라는 생각 때문에 '세금을 안 내도
되지 않나?'라는 오해가 자주 일어난다. 여기서 말하는 면세란,
부가가치세가 면제되는 것이지 판매 수익에 대한 신고를 하지

않아도 된다는 게 아니다.

독립출판물도 판매 수익에 따른 세금을 내는 게 맞다.

사업자 등록을 하지 않았더라도 개인의 사업성 소득은 원칙적으로
신고해야 한다. 하지만 온라인에서 정보를 찾아보면 이 부분에서
꽤 많은 갈래로 의견이 나뉜다. '사업 소득이 1원이라도 있으면
사업자 등록증을 갖춰야 탈세가 아니다'라거나 '사업자 등록증이
없어도 되고 소액은 신고 안 해도 된다'라거나 '출판사 없이 개인이
독립출판물을 판매하는 것 자체가 탈세에 해당한다' 등이다. 모두
틀렸다.

개인이 No-ISBN 독립출판물을 독립서점을 통해 판매했고,
그로 인한 수익이 발생했다면 소득 신고를 해야 하지만, 이 수익이
발생했다고 해서 반드시 사업자 등록증을 갖출 필요는 없다.
또한, 신고 기준은 금액의 차이가 아니라 수익이 있느냐 없느냐로
판단해야 한다. 출판사 없이 개인이 독립출판물을 판매한 것이
탈세라고 하는 건 이 시장 구조를 전혀 이해하지 못했다는 걸
증명하는 주장이다. 별도의 소득을 허용하지 않는 직업이 아닌
이상, No-ISBN 독립출판물을 판매하는 것은 법에 위배되지
않으며, 이로 인한 수익만 잘 신고하면 된다.

이때의 수익 신고는 개인이 직접 홈택스에서 하는 방법도
있지만, 대부분의 독립서점은 창작자에게 별도의 지출 증빙용
정보를 요청하고 있다. 이 말은, 내 이름 앞으로 수익에 대한
신고가 잘 이뤄지고 있으며, 추가로 내야 할 세금도 서점에서 대신
처리(원천징수 등)하고 있다는 걸 뜻한다. 앞서 나락서점 대표님과의

인터뷰에서도 봤듯이, 독립서점에서 내 개인정보를 받아 갔거나 현금영수증을 요청했다면, 추가로 신고하거나 납부하지 않아도 된다. 이미 잘 처리되고 있으므로 위험한 상황은 일어나지 않는다. 만약 내가 특수한 상황에 있거나, 남들보다 세금 문제에 민감한 환경에 있다면 꼭 주변의 세무회계사무소를 찾아가서 상담받길 바란다.

참고로 출판사를 설립했다면 당연히 사업자 등록증이 있을 테니, 이 경우는 세금 설명을 제외했다. 사업자 등록증이 있으면 종합소득세와 부가가치세 신고를 알맞은 주기에 꼬박꼬박해야 한다. 이 설명은 조금 더 뒤쪽에 따로 빼서 다뤘다.

출판사업자는 무조건 면세사업자일까?

출판사업자라는 건 출판사신고확인증과 사업자 등록증이 있는 상태를 뜻한다. 출판사신고확인증을 들고 세무서에 가면 사업자 등록을 할 수 있는데, 이때 많은 분들이 헷갈릴 때가 있다. 책은 면세 품목이니까 출판사업자 등록도 면세사업자로 등록해야 한다고 알고 있다. 절반은 맞고 절반은 틀렸다. **출판사업자도 면세사업자가 아닌 일반사업자로 등록할 수 있다.** 다만, 본인이 어떤 사업을 할 것인지에 따라 선택지가 달라진다.

발코니 출판사는 현재 일반사업자로 등록돼 있다. 출판사 설립 당시부터 일반사업자로 등록했는데, 이유는 꼭 '책'으로만

사업 소득을 얻지 않기 위해서였다. 면세사업자로 등록하면 모든
사업 소득이나 사업 지출 증빙이 책으로 엮여 있어야 한다. 하지만
출판사를 직접 운영하며 경력을 쌓다 보면, 출판업을 바탕으로
한 콘텐츠, MD, 기타 인쇄물 등을 제작해 판매할 때도 있고,
시각 디자인이나 미디어 제작 등 업종을 추가할 일이 발생할 수
있다. 이런 확장성을 위해 발코니 출판사는 면세사업자가 아닌
일반사업자로 사업자 등록증을 발급했다. 만약 도서 판매 외의
사업을 여러 가지 구상할 것 같다면, 일반사업자를 추천한다.

　　주의해야 할 것은 '간이과세자'로 등록하지 말아야 한다.
첫 사업자 등록을 앞두고 주변에 이곳저곳 물어보면, 개인 카페나
식당을 운영하는 자영업자 대부분 간이과세자를 추천할 것이다.
간이과세자는 1.5%~4%의 낮은 세율이 적용되고 매출액이 8천만
원 미만으로 유지되는 것을 증명하기에 소규모 사업자에게 유리한
조건이다. 하지만 문제는 세금계산서를 발급할 수 없고 매입액의
0.5%만 공제받을 수 있다. 세금계산서를 발급하지 못한다는 것은
대형 서점과 거래할 수 없다는 걸 뜻하며, 독립서점과의 거래
시에도 '출판사업자'에게 적용되는 공급률이 세금계산서 미발급
때문에 적용되지 않는다. 대형 서점은 기본적으로 세금계산서를
필수로 요청하고 있다. 이에 간이과세자는 거래 계약 조건에
부합하지 않는다. 독립서점 역시 세금계산서 발행이 가능해야
조금 더 높은 공급률을 적용해줄 수 있지만, 계산서 발행이 안
되는 출판사는 개인 창작자와 동일한 조건으로만 거래한다.
오프라인 매장을 운영하는 자영업과 책을 중심으로 수익을

창출하는 출판사는 상황이 조금 다르다. 이 점을 유념해서
간이과세자가 아닌 면세사업자, 혹은 일반사업자 둘 중 하나로 꼭
등록하자.

　"어? 일반사업자는 연간 매출액이 8천만 원 이상이어야
하던데?"라고 말씀하실 수도 있겠다. 여기서 말하는 매출액 8천만
원은 일반사업자로 강제 전환되는 기준일 뿐이다. <u>매출액이
0원이어도, 1천만 원이어도 일반사업자 등록이 가능하다.</u>

'굿즈'도 도서정가제를 어기는 걸까?

도서정가제는 언제나 민감한 주제다. 도서정가제 자체에 대한
찬반은 물론이고 개정이 필요하다면 어떻게 개정해야 하는지에
대한 방향도 각자 다르다. 독자들은 아마 출판사들이 무조건
찬성할 거라 생각하는 편이지만, 딱히 그렇지 않다. 도서정가제가
없는 게 차라리 낫다는 곳도 있고, 있어야 대형출판사들에게
밀리지 않는다고 말하는 곳도 있다. 어떤 정책이건 구성원 모두를
만족시킬 수는 없을 것이다. 그러나 도서정가제만큼 당사자들의
의견이 이토록 갈리는 건 드물지 않나 싶을 때가 있다.
　어쨌든, 이 도서정가제가 지금 이 책의 초판 1쇄 발행일
기준으로는 한국 도서 시장에 적용되고 있다. 할인은 정가의 10%
금액까지, 적립은 정가의 5% 금액까지 허용된다. 출판문화산업
진흥법 제22조(간행물 정가 표시 및 판매) 5항에는 다음과 같이 명시돼

있다. '간행물을 판매하는 자는 독서 진흥과 소비자 보호를 위하여 정가의 15% 이내에서 가격할인과 경제상의 이익을 자유롭게 조합하여 판매할 수 있다. 이 경우 가격할인은 10% 이내로 하여야 한다.' 이에 할인은 최대 10%까지만 할 수 있고 나머지 5%는 서점 포인트 적립으로 대부분 시행되고 있다.

이제 본격적으로 책을 만들 때 여기서 추가로 알아야 할 사실은 MD, 소위 '굿즈' 역시 도서정가제의 범위에 들어간다는 것이다. 굿즈란, 책에 따르는 부가 상품으로서, 책을 상징하는 여러 가지 제품으로 제작하는 소품 개념이다. 사은품처럼 무료로 추가되는 경우도 있고, 유료로 별도 판매하는 경우도 있다. 굿즈에도 도서정가제가 적용되는 근거는 앞서 보여드린 제22조 5항 상 '경제상의 이익'에 있다. 책에 따르는 무료 굿즈 역시 경제상의 이익, 즉 소비자가 일정한 대가를 치르지 않고 받는 이익에 포함되는 것이다.

제22조 8항이 이 지점을 정확히 짚고 있다. '제5항에서 경제상의 이익이란 간행물의 거래에 부수하여 소비자에게 제공되는 다음 각 호의 어느 하나에 해당하는 것을 말한다. ①물품 ②마일리지(판매가의 일정 비율에 해당하는 점수 등을 말한다) ③할인권 ④상품권 ⑤제1호부터 제4호까지에서 규정한 것 외에 소비자가 통상 대가를 지급하지 아니하고는 취득할 수 없는 것이라고 인정되는 것.'

요약하자면, 내 책의 정가가 15,000원일 때 독자에게 무료로 지급할 수 있는 굿즈는 2,250원~750원(정가의 15%~5% 범위)

상당의 물품으로 제한된다는 뜻이다. 순간 의문이 들 것이다. '어? 대형 온라인 서점에서는 머그잔도 굿즈로 주고, 담요나 램프도 있던데 그게 어떻게 정가의 15%, 아니 할인 10%까지 있으니까 정가의 5% 금액이지?'라고 말이다. 타당한 지적이다. 그래서 대형 온라인 서점들은 '포인트 차감'이라는 방식으로 굿즈를 제공하고 있다. 750원짜리 머그잔은 있을 수 없으니 이를 넘어서는 금액은 포인트 차감으로 충당하는 방식이다.

　　도서정가제와 굿즈에 관해 설명해 드리는 이유는, 굿즈에 너무 과도한 금액을 투자해봤자 법을 위배하는 결과만 낳을 수 있기 때문이다. 출판 컨설팅 중 만난 한 대표님은 사진가로 활동하며 출판사도 새롭게 개업해 첫 책을 준비하고 있었다. 책에 꽤 큰 금액을 투자했는데, 그때 출간기념회를 열어 책 구매자 대상으로 본인이 운영하던 사진관 프로필 촬영권을 굿즈로 추가하고 싶다고 말씀하셨다. 매력적인 마케팅이고, 책과 잘 어울리는 굿즈였으나 도서정가제 부분을 말씀 드리니 아쉽게도 포기하셨다. 사진관 프로필 촬영권이 기본 5만 원부터 시작했기 때문이다.

　　이처럼 도서정가제는 비단 '할인'과 '적립'만 두고 이야기할 수 없는 복잡한 영역이다. 아 물론, 이 굴레를 벗어나는 방법은 단 하나. 책에 ISBN만 넣지 않으면 된다. 그럼 도서정가제가 적용되는 책이 아닌 인쇄물로 인식된다.

출판 컨설팅

193

통신판매업신고, 꼭 필요할까?

통신판매업신고는 출판사신고확인증, 사업자 등록증과 별개로
추가 신고해야 하는 과정이다. 이름에서 유추할 수 있듯이
'온라인'에서 내 책을 사고 팔 때 필요한 신고증이다. 쉽게 말해
'온라인에서 물건을 팔 수 있는 권리'를 획득하는 것이다. 이는
예스24나 알라딘과 같은 온라인 서점과 계약을 통해 판매하는
경우가 아니라, 홈페이지를 개설하거나 네이버 스마트스토어처럼
오픈마켓을 이용해 소비자에게 '직접' 판매하는 경우에 해당한다.

도서정가제나 부가세 면세 등은 모두 ISBN 도서에만
해당됐으나, 통신판매업신고는 No-ISBN 도서도 적용되는
범위이니 주의해야 한다. ISBN이 있든 없든 첫 독립출판물
제작 후 가장 많이 개설하는 오픈마켓 플랫폼은 네이버
스마트스토어다. 스마트스토어는 사업자 등록증 없이도
온라인 판매 페이지를 개설해서 물품을 팔 수 있다. 이에 많은
창작자들이 온라인 판매용 페이지로 스마트스토어를 택하고
있는데, 문제는 한두 건의 판매는 괜찮지만, 일정 기준을 넘어서면
통신판매업신고를 필수로 해야 하는 상황에 이른다.

'통신판매업 신고 면제 기준에 대한 고시' 제2조에 따르면
'직전년도 동안 통신판매의 거래횟수가 50회 미만인 경우'
통신판매업신고를 하지 않아도 된다. 하지만 주문 건수 누적
50건부터는 반드시 통신판매업 신고를 마쳐야 이에 따른 불이익이
없다. 자체 홈페이지를 만들어서 판매할 때도 마찬가지다.

스마트스토어를 이용하든 자체 홈페이지를 운영하며 판매하든 50건 이상 판매될 것 같으면 미리 통신판매업신고를 해놓는 게 여러모로 편리하다.

신고 방법은 '정부24'를 통한 온라인 신고도 가능하고, 관할 지자체에서도 가능하다. 발코니 출판사는 정부24에서 간편하게 신고했으며, 신고확인증만 관할 지자체에 방문해서 수령했다. 3~4일 정도 소요되는 편이다.

부가세 신고와 종합소득세 신고는 언제 하는 걸까?

부가세와 종합소득세 신고와 관련해서는 발코니 출판사처럼 '일반사업자'로 사업자 등록을 마친 경우를 기준으로 설명하려 한다. 면세사업자는 1년에 한 번 '면세사업장현황신고'만 마치면 된다. 일반사업자인 출판사는 면세 품목인 책에 대한 매출·매입, 기타 과세 품목에 대한 매출·매입 등 두 가지를 구분해서 모두 신고해야 한다.

부가세 신고는 1년에 두 번, 1월과 7월에 해야 하며 종합소득세 신고는 1년에 한 번, 5월에 해야 한다. 그러니 1년에 세 번의 신고가 필요한 셈인데, 종합소득세 신고가 특히 복잡하다. 만약 그동안 4대보험이 적용되는 직장에 다녔거나, 아직 다니고 있다면 연말정산을 해봤을 것이다. 연말정산은 특별한 경우가 아니면 내가 더 내야 할 금액은 나오지 않는 편이다. 그러나 종합소득세는 자칫 잘못 신고하면 세금을 꽤 많이 내야 한다. 절세 전략을 잘 세워서 신고해야 하므로 무작정 이것저것 다 넣어보는 것은 안 된다.

부가세 신고는 종합소득세에 비해 간편하다. 다만, '부가세'라고 해서 면세 품목인 책 매출을 모두 빼는 것은 안 된다. 면세 품목도 팔고 과세 품목도 팔았으니 두 가지 모두 다 기입해서 신고해야 한다. 신고할 때 인쇄비, 기타 사업 운영비를 매입 항목에 넣어서 종합소득세처럼 절세 전략을 잘 세우는 게 좋다.

두 가지 신고에 대해 개별로 자세한 설명을 드릴 수 없는 이유는, 역시나 각 사업장마다 상황이 너무 다르기 때문이다. 무책임하게 들릴 수도 있지만, 실제로 발코니 출판사도 다른 출판사에 조언을 구해 그 방법을 따라 했다가 덜 내도 될 세금을 추가로 내야 했던 경험이 몇 번 있다. 그래서 세금과 관련해서는 '이것과 저것과 그것을 넣어서 신고하세요'라고 조언을 쉽게 할 수 없다.

이러한 상황을 몇 번 겪고 나서 고민 끝에 1월, 5월, 7월 때마다 세무회계사무소에 유료로 대행을 맡기고 있다. 부가세 신고는 대부분 15만 원 내외, 종합소득세는 30만 원 내외다. 1년으로 치면 60만 원 정도의 금액인데, 출판사마다 생각이 다르겠지만, 발코니 출판사는 이 금액이 전혀 아깝지 않다. 실제로 해보면 알게 된다. 부가세와 종합소득세 신고를 전략적으로 하려면 시간이 굉장히, 굉장히, 굉장히 많이 든다. 세무 전문가가 아니기에 들인 시간에 비해 절세 금액은 턱없이 적을 위험도 크다.

차라리 유료로 맡겨서 정당한 방법으로 절세를 이뤄내고, 그 시간에 다음 책을 준비하며 계속 출판을 이어가는 게 오히려 멀리 봤을 때 더 남는 장사라 판단했다. 60만 원을 1년으로 쪼개보면 한 달에 5만 원이다. 적은 금액은 아니다. 그러나 한 달에 5만 원을 투자해서 창작할 시간을 확보하고 세금을 조금이라도 줄일 수 있다면(심지어 환급이 될 때도 있다) 꽤 괜찮은 전략이 아닐까 한다.

물론 각자의 판단에 맡기는 것이기에 강요는 하지 않는다. 1월, 5월, 7월이라는 시기만 잘 기억하고 해당 달에 틈틈이 홈택스에 들어가서 신고 전략을 잘 세우자.

독립출판, 그리고
독립출판, 그리고
독립출판, 그리고
독립출판, 그리고
독립출판, 그리고

다음, 출판

다른 출판사와의 연결도 가능할까?

투고도 해보고 싶은데 어떻게 해볼까?

출간 계약 때는 무얼 조심해야 할까?

텀블벅 펀딩은 어떻게 준비하면 될까?

내가 만든 책으로 도서전에 나갈 수 있을까?

몇 줄의 문장과 몇 푼의 돈

다음, 출판

여기까지 문장을 짚으며 따라와 주셔서 감사합니다. 어떤
부분은 시원히 해결되었고, 또 어떤 부분은 여전히 불투명할
것이라 생각합니다. 그 어느 책도 완벽한 정보를 담을 수는
없으니까요. 그동안 독립출판사를 운영하며 겪었던 크고 작은
난관을 중심으로 최대한 많은 것들을 기록하려 했습니다. 이에
대한 평가는 이제 온전히 독자의 몫, 즉 이 책을 읽어주신 당신께
있습니다. 부디 허황된 정보만 가득하진 않았길 바랍니다.

책을 기획할 당시 짜놓았던 목차와 조금씩 달라지면서,
챕터명도 바뀌었습니다. 이번 챕터의 원제는 '독립출판
너머'였습니다. 하지만 원고를 마감한 밤에 가만히 누워 생각하니,
'너머'라는 말 자체가 독립출판을 하나의 징검다리처럼 여기는
것 같았습니다. 그래서 얼른 일어나 이렇게 '독립출판, 그리고'로
바꿨습니다. 직접 만든 독립출판물을 통해 다른 출판사와
계약하는 것, 텀블벅 펀딩을 준비하는 것, 도서전에도 나가보는
것 등은 독립출판 '너머'가 아니라 독립출판으로 인해 발생하는
또 다른 사건들입니다. 이 사건들을 어떻게 조율하며 진행하면
좋을지 이번 챕터에 담았습니다.

연정 작가님과의 인터뷰에서 확인하셨듯이 독립출판은
나를 표현할 하나의 수단으로 자리 잡고 있습니다. 날이 갈수록,
달이 갈수록, 해가 갈수록 변하는 나를 표현하려면 일생 단 한
권의 책으로는 다 담을 수 없을 것입니다. 부디 생애 첫 책으로

끝내지 않고, 다음 책, 또 그 다음 책 등 꾸준히 '다음 출판'을 기획하실 수 있길 바랍니다. 시간이 조금 지난 후에 독립서점 어딘가에서 함께 이야기 나눌 수 있으면 좋겠습니다.

저는 주로 열 분에서 스무 분을 대상으로 출판 강연을 진행하는 편입니다. 평균 열다섯 분으로 잡아보겠습니다. 5주가량의 커리큘럼이 끝나면 열 분의 수강생께서 제 연락처를 받아 가십니다. 책을 만들며 궁금한 점은 언제든 여쭤보시라 말씀드리거든요. 그 열 분 중 세 분 정도가 실제로 연락을 주십니다. 그리고 세 분 중 한 분만이 자기만의 책을 마침내 만듭니다. 그렇게 제 앞으로 도착한 책을 가만히 읽어보고 있으면 다음 책이 기대되기 시작합니다. 하지만 다음 책을 받아본 적은 아쉽게도 없습니다. 그 '다음'을 이 책의 독자님께서 이뤄내 주신다면 더할 나위 기쁠 것 같습니다.

독립출판이라는 자기표현 수단을 버킷리스트에 넣지 마셨으면 합니다. 일생의 단 한 번이 아니라 연례행사처럼, 마음을 정리하는 수단으로, 얼굴 모르는 이에게 쓰는 아주 긴 편지처럼 꾸준히 해주셨으면 합니다.

독립출판물 한 권으로 인해 만날 수 있는 세상은 생각보다 훨씬 넓습니다. 이번 챕터에서는 창작자로서 마주할 다양한 경우의 수에 대해 준비했습니다. 그동안 고민했던 부분이 이 챕터에 담겨 있길 바랍니다. 이미 눈치 채셨겠지만, 마지막 챕터는 편안한 마음으로 이야기해드리려 경어체로 작성됐습니다. 앞선 챕터들보다 조금 힘을 빼고 읽어 주시면 더욱 좋습니다.

다른 출판사에서 연락 오는 경우도 있나요?

꽤 많은 출판사에서 독립서점의 독립출판물을 살펴보고 있습니다.
대형 출판사부터 중소형, 독립출판사까지 관심을 두고 있습니다.
각 출판사의 색깔에 꼭 맞는 책을 발견하면 작가님께 직접
연락하기도 합니다.

　　원석 같은 작가가 발견되고, 그 작가와 전문 편집자가
합작해 베스트셀러에 오르는 경우를 우리는 심심치 않게 봅니다.
다른 출판사는 어떨지 모르지만, 발코니 출판사는 독립출판물
시장을 기회의 땅으로 보는 중입니다. No-ISBN 도서는 괜히 한
번 더 들여다보고, 이 책을 어떤 식으로 편집하면 또 다른 색깔이
나올지 상상도 해봅니다.

　　발코니 출판사의『내일은 내일의 해가 뜨겠지만 오늘
밤은 어떡하나요』와『돌아오는 새벽은 아무런 답이 아니다』역시
이런 과정에서 탄생한 베스트&스테디셀러입니다. 독립서점에서
만난 두 책을 붙들고 꽤 오래 고민하다 작가님들께 계약 제안을
드렸던 것이지요. 만약 독립서점이 없었다면 만들 수 없었던
결과물입니다.

　　물론 그렇다고 해서 개인의 독립출판물이 일종의
징검다리라는 것은 전혀 아닙니다. 독립출판 문화라는 건
그 자체로 가치 있고, 기성 출판 시장과 구분되는 또 다른
세계니까요. 하지만 때로는 이 세계관 바깥의 또 다른 세계관과
연결될 기회도 있다는 점을 말씀드리고 싶습니다. '우리은하' 외에

여러 은하계가 있는 것처럼, 그 사이를 워프 항법으로 이동할
기회가 있다면 한 번쯤은 붙잡아 보길 추천합니다.

내 손으로 처음부터 끝까지 독립출판물을 만들어 보는
것과 출판사를 통해 새로운 모습으로 책이 완성되는 건 결이 다른
과정입니다. 출판사와의 협업 이후에도 다시 나만의 독립출판물을
만들어갈 수 있습니다. 개인 독립출판물, 출판사를 통한 출간. 두
가지를 동시에 진행하는 작가님들도 많습니다. 여러 가지 경우의
수가 있으니 나만의 독립출판물로 여러 세계를 계속 만나시길
바랍니다.

투고도 해보고 싶은데 어떻게 해볼까요?

독립출판물을 만들다 보면 출판이 어떻게 진행되는지 어느 정도
감이 잡힙니다. 이에 혼자서 다 해내기 어려운 분들도 있고,
혼자가 아닌 또 다른 사람들과의 협업을 원하는 분들도 있습니다.
이럴 경우 '투고', 즉 출판사에 이메일로 원고를 보내고 출간
계약을 희망하는 방식을 많이 택하는 편인데요, 어떤 방식으로
투고해야 할지 잘 모르겠다는 질문을 많이 받았습니다. 각 기업의
채용 기준이 다르듯이, 출판사도 작품 선별 기준이 다릅니다.
따라서 '이런 원고가 계약을 따낸다!' 보다는 '이런 식의 투고는
지양하자'를 중심으로 말씀드리면 좋지 않을까 합니다.

가장 중요한 것은 '완성된 원고'입니다. 당연한 이야기

같지만, 실제로 발코니 출판사에 투고된 원고 중 몇 편은 미완성 상태입니다. '이런 식으로 이야기가 진행될 건데 뒷내용은 회의를 통해 새로 방향을 잡아보자'라는 식의 제안을 해주십니다. 하지만 출판사는 작품을 판단할 때 기승전결 모두를 봅니다. 그중 출판사 방향과 맞지 않다고 판단되는 내용이 있으면 추후에 내용 수정을 제안하는 편이지요. 미완성 상태의 원고를 선호할 출판사는 많지 않을 것입니다. 가능하다면 투고 후 완성이 아니라 완성 후 투고 방식을 택해주세요.

작품에 대한 설명, 혹은 기획서를 첨부해주시는 게 좋습니다. 간혹 메일 본문에 아무런 내용 없이 원고만 첨부하는 분들이 있습니다. 이럴 경우 꽤 난감합니다. 투고함에 도착하는 원고는 계속 쌓여 가는데, 요약본이 없고, 작가가 누군지도 모르고(심지어 필명인지 본명인지도 모르는 상태), 어떤 의도로 작품을 썼는지도 몰라서 일단 첫 페이지부터 읽어나가야 합니다. 당연히 집중도가 떨어지고 첫 문장, 첫 문단이 매력적이지 않다면 후에 이어질 내용에도 시큰둥해집니다. 원고 선별 인공지능 시스템이 아니라, 사람이 읽어내는 것이니 당연합니다.

이와 달리, 작가만의 기획서가 첨부되면 원고 판단을 조금 더 효율적으로 할 수 있습니다. 독립서점에 보내던 신간 안내문처럼 이 원고의 제목은 무엇인지, 작가는 누구이고, 작품 의도는 어떠한지, 전체적인 메시지와 이 메시지가 닿았으면 하는 독자는 누구인지가 별도로 첨부된다면, 출판사는 작품을 빠르게 판단할 수 있습니다. 발코니 출판사의『아주 사적인 순간들(황진하

저, 2022)』도 이러한 투고를 통해 출간됐습니다. 당시 황진하 작가님께서 이 원고를 어떤 의도로 집필했는지, 예상 독자와 희망 독자는 누구인지, 경쟁 관계에 있는 책은 무엇인지 등을 별도의 기획서와 함께 투고해 주셨어요. 덕분에 원고를 좀 더 깊이 이해할 수 있었고, 출간 계약까지 이어졌습니다. 투고도 결국 시대에 따라 변한다 생각합니다. 하루가 멀다고 자극적인 콘텐츠가 쏟아지는 세상에서 더 이상 '아무런 설명 없이 첫 문장만으로 사로잡는 작품'은 이제 만나기 힘들지 않을까 생각합니다.

　　마지막으로 투고와 관련해 당부드리고 싶은 건, '나의 작품과 결이 맞는 출판사'를 잘 찾아서 투고하시길 바랍니다. '살포'라 할 수 있는 수준으로 원고를 이곳저곳에 넣어보는 분들도 꽤 많습니다. 그러다 운이 좋게 출간 계약을 잘 해내면 다행이겠지만, 대부분의 출판사는 이러한 방식을 선호하지 않습니다. 딱 봐도 '이 출판사여야 하는 이유'가 없다는 게 보이거든요. 때로는 이메일 '받는 사람' 칸에 수십 곳의 출판사 이메일 주소를 다 쓰는 분도 있습니다. 그럼 자연스럽게 원고 검토에 힘을 덜 들이게 됩니다.

　　한번은 발코니 출판사에 '강아지 생식 사료'에 관한 연구 논문을 투고한 분도 있었습니다. 발코니 출판사는 그동안 소설과 에세이만 출간한 출판사입니다. 그런 출판사가 학술 자료를 과연 주의 깊게 살펴볼까요? 투고할 원고의 성격을 생각해보고, 이 원고와 비슷한 색깔을 주로 출간하는 출판사가 어디인지 미리 정리해놓은 뒤 투고하는 편이 좋습니다.

출간 계약 요청이 왔는데 뭘 조심해야 하나요?

좋은 기회를 만나 출간 계약이 성사되기 전이라면, 미리 살펴볼 것들이 있습니다. 투고로 출간 계약까지 이뤄내기가 매우 어려운 일이라 그런지, 이것저것 따지지 않고 덜컥 계약하는 경우가 종종 있습니다. '좋은 계약 조건'이라는 것은 역시나 사람마다 다르게 판단할 수 있기 때문에 이번 항목도 '이런 계약만은 피해야 한다'를 중심으로 설명 드리고자 합니다.

　　계약서 작성을 회피하는 출판사는 절대로, 절대로 함께하지 마세요. 서류로 확실히 하는 것보다는 사람과 사람 사이의 신뢰를 믿고 계약하는 걸 더 선호하는 작가님들께 이런 출판사들이 잘 접근합니다. 하지만 출판사와 작가 사이 관계는 당장 내일 어떻게 될지 모릅니다. 계약서가 없다면 작가에게 불리한 상황을 하나도 막을 수 없습니다. 인세 미지급, 출간 부수 눈속임 등이 일어나도 문제를 해결하기 어렵습니다. 법정 다툼이 일어나도 작가에게 불리합니다. 꼭 계약서를 쓰셔야 해요.

　　계약서는 임의로 작성해서 한두 장에 그치는 간이 계약서는 지양하고, 문화체육관광부가 고시한 '출판 분야 표준계약서'를 기준으로 판단하셔야 합니다. 출판 표준계약서도 완벽한 계약서는 아니지만, 적어도 이 정도의 항목은 있어야 기본은 갖춘 계약서 수준이라 볼 수 있습니다. 표준계약서에는 저자에게 인세를 얼마나 주는지, 주기는 어떠한지, 2차적저작물작성권(영상화, 웹툰화 등)은 누구에게 있는지 등이 정확하게 나와 있습니다. 이러한

항목이 없는 계약서라면 출판 분야 표준계약서를 바탕으로
재작성하자고 요청하신 후 다시 살펴보셔야 합니다.

　　작가에게 무엇보다 중요한 인세. 이 인세를 어떻게
지급하는지도 함께 고려해야 합니다. 인세는 보통 도서 정가의
10% 이하의 범위에서 지급합니다. 몇 퍼센트포인트인지는
출판사의 운영 환경에 따라 다르겠지만, 아예 주지 않겠다는
출판사도 가끔 있습니다. 예를 들면 이런 식입니다. "당신은 신인
작가인 만큼 판매 부수를 추산하기 어렵다. 출판사로서는 일종의
불확실성에 투자하는 셈이라 어려운 상황이다. 그러니 일단
초판 1쇄는 인세 없이 소량만 제작하고, 1쇄가 판매되는 정도를
살펴본 뒤에 2쇄 부수를 정하고 인세를 책정해 지급하겠다." 신인
작가라는 사실을 볼모로 잡은 사기입니다. 이런 출판사가 있다면
조용히 도망치시는 게 좋습니다.

　　출판사는 작가가 없으면 먹고 살 수 없는 곳입니다.
따라서 작가가 곧 출판사의 존폐를 쥐고 있는 중요한 존재입니다.
이런데도 신인 작가라는 사실을 운운하며 초판 1쇄는 시험 삼아
내보자는 출판사는 존재할 이유가 딱히 없습니다. 신인 작가든
베스트셀러 작가든 책의 수요는 출판사들이 알아서 예측할
일입니다. 예측이 틀릴 때도 있겠지요. 그런데 그 틀렸다는
사실에 대한 책임은 작가에게 있지 않습니다. 너는 신인 작가니까,
처음이니까, 이 업계에서 못 보던 얼굴이니까 등의 이유로 인세
지급을 회피하는 출판사는 꼭 피하시길 바랍니다.

　　또 하나 중요하게 볼 것은 '출간 시기'입니다. 계약일로부터

얼마 안에 출간할 것인지 계약서에 명시돼야 합니다. 이 항목이 없으면 출판사는 작가의 원고를 묵혀만 두고 출간하지 않을 수도 있습니다. 대체적으로 출간 계약일 12개월 안에 책이 나오는 편입니다. '1년이나 걸린다고?'라고 생각하실 수 있지만, 출판사는 단 한 명의 작가와 일하는 게 아니라 여러 작가의 책을 준비하고 있어서 더 걸릴 수도 있습니다. 그러나 마냥 '언젠가는'이 아니라 '계약일로부터 몇 개월 안에' 출간을 약속하는지 계약서로 기록해야 합니다.

그 밖에도 문제가 발생했을 때 어떤 식으로 조정 과정을 거치는지, 판매 부수 보고는 몇 개월 주기인지 등이 계약서에 포함돼야 합니다. 만약 조금이라도 꺼림칙한 부분이 있으면 꼭 출판사에 설명을 요청하시길 바랍니다. 설명을 거부하는 출판사는 그만큼 숨기는 것이 많다는 걸 뜻합니다. 계약을 거절해서도 됩니다. 계약 직전까지 와서 모든 걸 다시 원점으로 돌리기 너무 아쉽겠지만, 그 아쉬움이 나중엔 큰 후회로 남을 수 있습니다.

텀블벅 펀딩은 어떻게 준비하면 될까요?

독립출판물을 만들 때 원고 집필, 디자인, 제작, 유통 등 모든 과정이 힘들지만, 특히나 어려운 게 제작비 확보입니다. 첫 책을 만들 땐 그래도 어느 정도의 각오를 하고 모아둔 돈이 있을지 모르지만, 두 번째, 세 번째 등 다음 출판을 이어가려면 제작비가

넉넉해야 합니다. 출판업은 절대로 무자본 창업이 아니라는 점
명심하셔야 합니다.

그래서 많은 출판 창작자, 심지어 대형 출판사들도 텀블벅
펀딩을 이용하고 있습니다. 와디즈 펀딩도 있지만, 출판 콘텐츠는
아직 텀블벅에서 더 많은 호응을 받고 있습니다. 텀블벅을 통해
후원자와 미래 독자를 모으고, 이분들의 힘으로 책이 탄생할
때 더 값진 결과를 얻을 수도 있습니다. 『Good Afterbook』도
텀블벅 펀딩으로 창작 자금을 마련해 제작한 책입니다. 제작비도
확보하고, 펀딩 과정에서 후원자 의견도 조금씩 살펴볼 수 있어서
책의 완성도를 더욱 높일 수 있었습니다.

텀블벅은 '크라우드 펀딩' 플랫폼 중 하나로, 개인
후원자들의 금액으로 창작 자금을 모을 수 있는 곳입니다.
후원자들은 프로젝트의 성공을 바라며 일종의 후원금을 투자하고,
프로젝트 목표액이 모두 모이면 창작자는 후원자들께 선물, 즉
리워드를 전달합니다. 『Good Afterbook』을 예로 들어보자면,
후원자들께서 『Good Afterbook』의 도서 정가만큼 투자해주시면,
발코니 출판사는 프로젝트 종료 후 후원해주신 분들께 실물
도서를 무료로 배송해드리는 방식입니다. 일종의 사전 구매와
비슷한 개념으로 생각하시면 쉽지 않을까 합니다.

텀블벅에 가입 후 누구든 프로젝트를 만들 수 있습니다.
만드는 것은 쉬우나, 불특정 다수의 이용자들께 매력적인 책으로
다가가는 것은 어렵습니다. 텀블벅은 '이미지'를 많이 준비하셔야
합니다. 책이 어떤 표지로 나올지, 내지는 어떤 디자인으로

구성되는지, 후원자들께 추가로 지급되는 선물(굿즈)은 무엇인지 등이 상세히 나타나야 합니다. 책의 실물을 만져보고 살 수 없기에 그만큼의 리스크를 충족시킬 이미지들이 준비돼야 하는 것이지요. 텀블벅 내 창작자들은 후원자 대상 특별 선물을 추가로 준비하는 편입니다. 책의 실물을 보기 전에 후원해주신 것에 대한 감사의 의미입니다.

텀블벅 프로젝트 내용을 작성할 때 관련 가이드라인이 자세하게 나열돼 있습니다. 가이드라인마다 찍힌 물음표에 성실히 답해도 후원자 마음을 사로잡을 스토리텔링이 완성될 것입니다. 가장 중요한 것은 '이 책이 왜 후원을 필요로 하는지'가 나타나 있어야 합니다. 만약 완성된 책이 대형 서점 등에서 판매될 예정이라면, 사실 소비자 입장에선 나중에 구매해도 충분합니다. 오히려 실물 책을 살펴보고 구매하는 게 더 안전합니다. 하지만 이러한 사실에도 불구하고 왜 후원자의 힘으로 이 책이 탄생해야 하는지가 잘 전달돼야 합니다. 창작 자금이 부족하다면 그 부족함을 솔직하게 드러내거나, 조금 더 완성도 있는 후가공을 입혀야 한다면 그에 대한 이유를 밝히는 등 '이 책에 내가 투자해보고 싶다'라는 마음이 피어오르게끔 하는 게 중요합니다.

예산을 책정할 땐 두 가지 방법이 있습니다. 현실적으로 필요한 전액을 텀블벅으로 충당할지, 아니면 전액은 아니더라도 당장 필요한 금액만큼 텀블벅으로 모을지 등 방향을 설정해야 합니다. 지금 만들 책에 들어갈 제작비가 300만 원이라면, 300만 원 전체를 펀딩으로 모을 수 있습니다. 하지만 책 한 권에

15,000원이라는 정가를 생각했을 때 200명의 후원자를 모아야 합니다. 텀블벅 플랫폼에 들어가서 살펴보면 어떤 프로젝트는 몇천 명을 모았는데, 어떤 프로젝트는 수십 명도 모으기 어려워 무산되는 경우가 있습니다. 200명이라는 숫자도 매우 어려운 쪽에 속합니다. 따라서 전액은 아니더라도 제작비의 3분의 1, 즉 100만 원만 모아보자는 마음으로 프로젝트를 여는 방법도 있습니다. 펀딩 목표액이 100%를 넘어 120%, 130%로 가면 다른 후원자들의 시선을 끌 수 있기에 이런 방법도 전략적으로 좋습니다.

텀블벅 프로젝트를 처음 연다면, 심사 기간이 굉장히 길어질 수 있다는 점을 유념해야 합니다. 보통은 평일 기준 48시간 내에 심사 결과가 나오지만, 심사 결과에 따라 보완해야 할 것들이 많을 수 있습니다. 어떤 경우엔 아예 프로젝트가 거절당할 위험도 따릅니다. 발코니 출판사도 첫 책『부전승 인생』을 텀블벅 프로젝트로 제작했는데, 당시 '남성 혐오'를 조장할 수 있다는 이유(사실 저는 아직도 '남성 혐오'라는 게 과연 존재할 수 있는지 의문입니다만)로 거절당한 적 있습니다. 추후 프로젝트 소개 문구 안에서 몇 가지 표현을 제거하고 조금 더 톤을 낮춘 덕분에 겨우 통과할 수 있었습니다. 이처럼 예상치 못한 상황이 펼쳐질 수 있으니 1~2주 정도 소요된다는 각오로 심사를 넣는 게 좋습니다.

그렇게 펀딩 프로젝트가 열리고, 무사히 목표액까지 달성했다면 프로젝트 종료 후 후원금이 입금됩니다. 이 금액은 추후 세무 신고를 반드시 하셔야 합니다. 간혹 '금액이 적어서 신고 안 해도 괜찮았어요'라는 후기도 있지만, 원칙적으로는 잘못된 행위입니다. 저는 이걸 무단횡단에 자주 비유합니다. A라는 사람이 내 앞에서 무단횡단 후 제 갈 길을 갔습니다. B라는 사람도 무단횡단을 해서 저 멀리 가네요. 급한 마음에 나도 무단횡단을 해봅니다. 그때 지나가던 교통 경찰관에게 적발됩니다. 벌금을 냅니다. 억울한 마음에 A와 B를 말합니다. 하지만 그들은 이미 시야에서 사라졌고, 결국 내가 낼 벌금은 동일합니다. 세무 신고를 누락하는 것도 이와 마찬가지입니다. 남이 걸리지 않았다고 해서 나도 걸리지 않으리라는 법은 없습니다. 텀블벅 공식 안내에도 세무 신고를 꼭 하라고 당부하고 있습니다.

세무 신고는 역시나 개인의 상황에 따라 다릅니다. 사업자 등록증이 없는 상태로 프로젝트를 열었다면 '기타 소득' 신고가, 사업자 등록증이 있는 사업자라면 부가세 신고가 필요합니다. 개인의 경우 텀블벅 프로젝트가 기타 소득인지 사업 소득인지는 상황에 따라 다릅니다. 가장 정확한 건 세무서, 혹은 세무회계사무소에 가서 상담받는 방법입니다. 세무나 회계와 관련해서 계속 전문가 방문을 강조하는 이유는, 잘못된 정보가 전달돼 독자에게 피해를 줄 수 있기 때문입니다. 세무서나 세무회계사무소에서도 텀블벅, 크라우드펀딩, 후원금 같은 개념을 잘 이해하지 못할 수도 있습니다. 이에 방문 전 내가 얼마만큼의 금액을 어떻게 모았고, 정산은 어떤 방식으로 진행됐는지를 자료로 준비해놓는 게 좋습니다. 똑같은 지역 내 세무서라도 설명을 어떻게 하느냐에 따라 처리 과정이 달라질 수 있습니다.

제가 만든 책으로 도서전에도 나갈 수 있을까요?

독립출판물을 제작하고 나서 신나는 일 중 하나는 독자를 실제로 만나는 일입니다. 북토크를 열거나 소셜미디어로 소통하는 방법도 있지만, 그간의 경험상 도서전에 나가는 게 다음 출판을 이어가는 큰 힘이 됐습니다. 내 책을 전혀 모르는 사람에게 소개하고, 때로는 내 책을 읽어본 사람이 내 앞에 나타나는 등의 과정을 겪으면 어느새 다음 책을 기획하게 됩니다.

도서전 규모나 색깔은 주최 측과 행사 성격에 따라 다양합니다. 한국에서 가장 큰 도서전인 '서울국제도서전'부터 지역의 소규모 플리마켓까지 독립출판물을 들고 사람들과 만날 수 있는 기회는 많습니다. 하지만 역시나 수도권에 가장 많은 도서전이 개최됩니다. 지역에서는 1년에 한 번 열리면 많을 규모의 행사가 월 단위로 열립니다. 교통비나 숙박비용 등을 감당할 수 있다면 꼭 한 번쯤 수도권에서 열리는 도서전에 참여하는 것도 좋습니다.

각 도서전은 주최 측에서 개별로 공지하기에 별도로 정보를 모아놓은 곳이 없습니다. 모아놓는다고 해도 전국 곳곳에서 열리는 도서전을 일일이 기록하지는 못합니다. 발코니 출판사는 서점 리스트를 짜는 것처럼 도서전 정보도 엑셀 파일로 따로 정리합니다. 지역별, 규모별로 모은 뒤 해당 정보를 주로 어떤 곳에서 공지하는지, 공지 시기는 언제인지 기록합니다. 전년도와 비슷한 시기가 다가오면 주최 측 소셜미디어 계정이나 홈페이지를 하루에 꼭 한 번씩 들르며 공고를 확인합니다. 공고가 뜨면 이번 연도의 참여 조건이 어떠한지 살펴보고, 출판사 상황을 고려한 다음 지원서를 씁니다. 결국, 부지런하게 계속 이곳저곳 온라인에서 발품을 팔아야 합니다.

일부 도서전은 출간 종수를 기준으로 참여 제한을 두고 있으니 참고하셔야 합니다. 2종, 혹은 3종 이상 출간한 경력이 있는 창작자만 참여할 수 있다고 고지하는 곳이 있습니다. 아직 만들어본 책이 1종이라면 좌절하지 마시고 동료 창작자를 찾아보시기 바랍니다. 주최 측에서 연합 참여는 불가능하다고 하지 않는 이상, 두 명이나 세 명이 연합해서 도서전에 나오는 경우도 있습니다. 발코니 출판사도 첫 도서전 '2019 부산 아트북페어 : 프롬 더 메이커즈'에 나갈 당시 출간 종수가 2종뿐이어서 구미의 독립서점 '책봄'과 연합했습니다. 연합할 경우 오히려 다양한 책들이 테이블 위에 모여 있어서 관람객 시선을 더 끌 때도 있습니다.

도서전 규모에 따라 다르겠지만, 대체적으로 가로 120cm, 세로 80cm 크기의 테이블이 부스마다 주어집니다. 해당 테이블 위를 어떻게 장식하느냐에 따라 개성이 달라지는데, 이 구성도 미리 생각해놓으면 좋습니다. 단순히 책만 덜렁 놓기보다는, 책을 조금 더 편하게 펼쳐볼 수 있는 도구나 조명, 또는 도서전에서만 제공되는 무료 굿즈 등을 준비하면 다른 곳보다 더 주목받을 수 있습니다. 무엇보다, 내가 집필한 책이라면 자신이 작가라는 사실을 꼭 밝히는 게 좋습니다. 도서전 관람객은 작가와 직접 소통할 수 있다는 것에 큰 매력을 느끼는 편입니다. 발코니 출판사를 운영하는 저 역시 한 사람의 작가이지만, 여전히 도서전에서 제가 작가라는 걸 밝히기 부끄럽습니다. 그러나 부끄러움을 조금만 이겨내고 조심스럽게 말을 걸면 언제나 더 큰 화답이 돌아옵니다. 화려한 굿즈 보다 작가의 등장이 더 확실한 마케팅 효과를 가져온다는 사실을 잊지 말아 주세요.

몇 줄의 문장과 몇 푼의 돈

지금 이 책을 읽는 독자님의 독립출판물은 어떤 상태인가요? 이미 한 권을 출간한 후 다음을 준비하시는지, 원고를 다 쓴 후 디자인만 앞두고 있는지, 기획 단계에 멈춰있는지 궁금합니다. 또한, 『Good Afterbook』을 읽고 나서 그동안의 상상과 달랐던 지점이 있었을지도 궁금합니다. 이 책이 나오기 전에 썼던 『몇 줄의 문장과 몇 푼의 돈(2021)』에는 다음과 같은 내용이 등장합니다.

사실 나는 1인 출판사에 대한 환상이 있었다. 환상이라 하면 대충 이렇다. 오전 10시쯤 슬그머니 일어나서 커피 한 잔을 내리고, 출간 예정인 원고를 검토하고, 적당한 교정이 끝나면 널찍한 책상에 앉아 디자인하는 일상. 머리가 아플 땐 잠시 일을 접어둔 채 사무실 주변을 산책하며 동네 고양이 밥도 챙겨주고, 갑자기 걸려 온

미련 곰팅이 독립

전화를 받아보니 책 디자인 외주를 맡기는 클라이언트들이고, 요즘 일이 너무 바빠 맡지 못한다며 죄송하다 전하는 그런 말도 안 되는 상상이었다. 적게 일하고 많이 버는 삶을 꿈꿨으나, 많이 일하고 적게 버는 현실을 건너는 중이다.

아마 출판업을 겪어보지 않았거나 본격적으로 막 시작한 분들 역시 위와 비슷한 상상을 하지 않을까 한다. ISBN이 없는 독립출판물까지 10종 정도 출간했을 때, 독립출판 현실에 대해 이야기하고 촬영하는 자리가 있었다. 그때 패널 중 한 분이 출판사 개업 반년 차였는데, 내 생활 패턴을 듣더니 걱정스러운 얼굴로 여쭤보셨다.

"저 그럼 10종 넘게 출간해도 여유롭게
살 순 없는 건가요?"
"네. 10종 넘어가면 1종 추가될 때마다
두 배씩 바쁜 거 같아요."

잠깐 절망하시던 그분의 얼굴을 아직도 잊을 수 없다. 그때 이후로 신간 소식이 없는 걸 보니, 아마도 출판보다 더 행복한 길로 떠나시지 않았을까.

저는 출판사를 설립해 책을 만드는 것이 매사 치열한 일인지 잘 몰랐습니다. 몰라서 더 빨리 뛰어들게 된 것 같기도 합니다. 말도 안 되는 환상이 제가 생각하는 출판사 업무의 전부였습니다. 그래서 실제로 하나씩 겪으며 소진한 시간과 비용이 굉장히 큽니다. 대출금도 생각보다 막대하고요.

저는 글쓰기로 돈을 벌 수 있는 일이 무엇일지 고민한 끝에 독립출판사 설립까지 왔습니다. 하지만『몇 줄의 문장과 몇 푼의 돈』이라는 제목처럼 제가 버는 돈은 '푼'이라고 표현할 정도로 적은 액수입니다. 그럼에도 저는 계속 다음 출판을 생각하고 있습니다. 물욕이 없는 사람이 아닌데도 '몇 푼의 돈'만으로도 다음 출판을 생각할 수 있는 건, 돈으로 살 수 없는 무언가가 계속 손에 잡히기 때문일 것입니다. 이 책의 독자님 손에도 각기 다른 형태의 무언가가 잡히길 바랍니다.

『Good Afterbook』의 독자가 되어 주셔서 진심으로 감사합니다. 저는 이제 당신의 독자가 되겠습니다.

Good Afterbook 굿 애프터-북

초판 1쇄	2023년 4월 28일

지은이	희석
편집·디자인	희석
표지 일러스트	Louise Stowell

펴낸곳	발코니
전자우편	heehee@balconybook.com
인스타그램	@balcony_book
제작처	DSP (www.dsphome.com)

ISBN	979-11-92159-07-2 (13800)
값	14,800원